PAOLO
COGNETTI

GEHEN, OHNE JE DEN GIPFEL ZU BESTEIGEN

Aus dem Italienischen
von Christiane Burkhardt

PENGUIN VERLAG

»Heute Morgen
wäre ich lieber Maler
als Drechsler von Worten.
Im Nebel heben sich
die Riesenrhododendren
mit ihren großen, moosbedeckten Armen ab.«

TIZIANO TERZANI

Inhalt

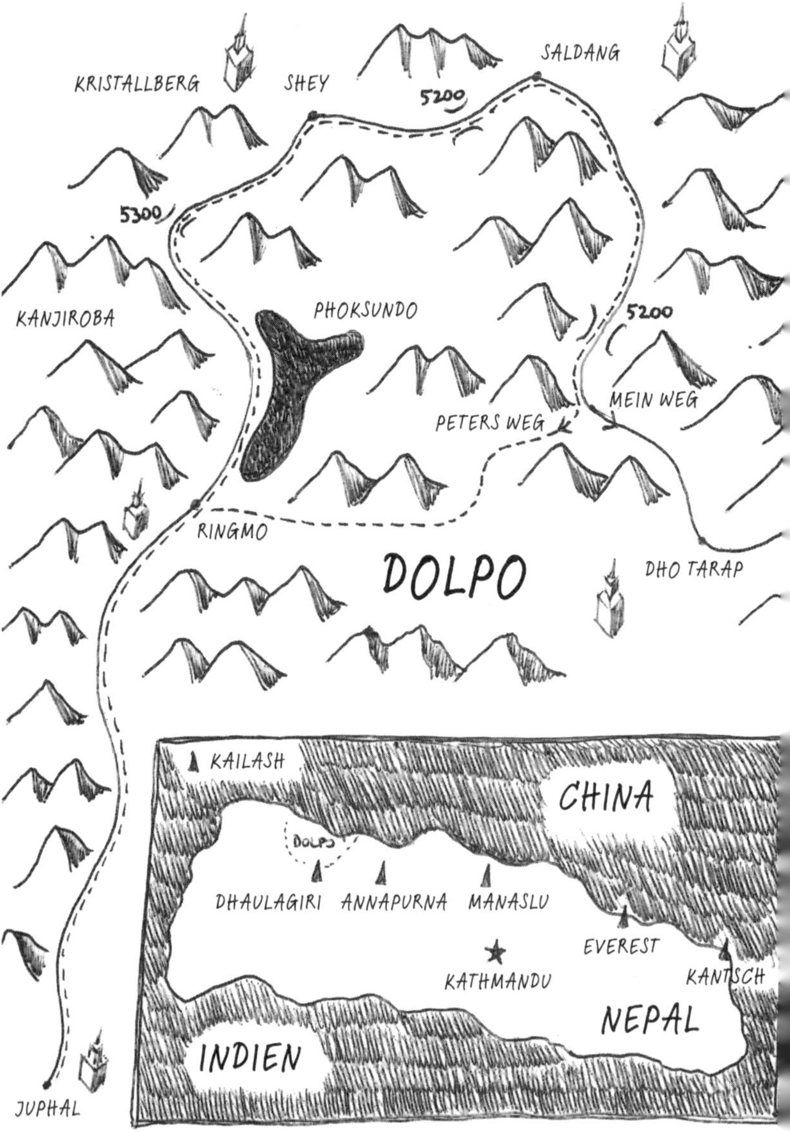
KRISTALLBERG
SHEY
SALDANG
5200
5300
KANJIROBA
PHOKSUNDO
5200
MEIN WEG
PETERS WEG
RINGMO
DOLPO
DHO TARAP
KAILASH
CHINA
DOLPO
DHAULAGIRI
ANNAPURNA
MANASLU
EVEREST
KATHMANDU
KANTSCH
NEPAL
INDIEN
JUPHAL

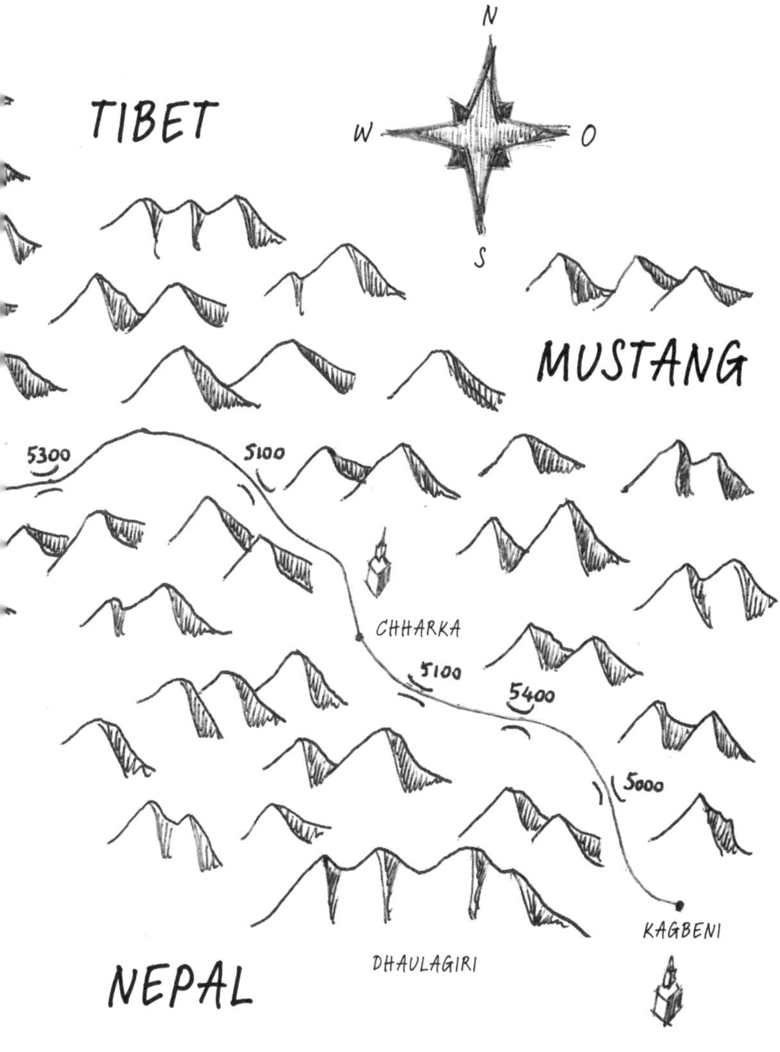
N
TIBET
W
O
S
MUSTANG
5300
5100
CHHARKA
5100
5400
5000
KAGBENI
DHAULAGIRI
NEPAL

Ende 2017 und gegen Ende meines vierzigsten Lebensjahrs reiste ich mit ein paar Freunden in die Dolpo-Region, die auf einer Hochebene im Nordosten Nepals liegt. Dort wollten wir fünftausend Meter hohe Pässe überwinden; einen Monat nahmen wir uns Zeit für diese Trekkingtour unweit der Grenze zu Tibet. Tibet selbst blieb unerreichbar, wenn auch nicht wegen Grenzproblemen: Nachdem es 1950 von der chinesischen Armee überfallen, in den Sechziger- und Siebzigerjahren von der entfesselten Kulturrevolution zerstört und schließlich vom neuen kapitalistischen China gnadenlos kolonisiert worden war, gab es dieses uralte Reich der Mönche, Kaufleute und Hirtennomaden schlichtweg nicht mehr.

Doch wenn stimmte, was ich gehört hatte, gab es stattdessen so etwas wie ein kleines, von der Geschichte vergessenes Tibet auf nepalesischem Boden. Auch auf Karten wirkt das Dolpo wie eine Ausnahme: Dort, wo das nepalesische Staatsgebiet, das größtenteils südlich des Himalaja bleibt, den Gebirgszug überschreitet und in das riesige geografische Gebiet des Hochlands von Tibet vordringt, liegt oberhalb der Viertausend-Meter-Marke eine Region, die weder von Monsunen noch Straßen erreicht wird – die kargste, entlegenste und am dünnsten besiedelte des gesamten Landes. Vielleicht würde ich ja dort oben das verlorene Tibet, das niemand mehr je zu Gesicht bekommen wird, doch noch zu Gesicht bekommen? Genau so eine Reise wünschte ich mir zu meinem vierzigsten Geburtstag, um den Abschied von einem ganz anderen verlorenen Reich, nämlich der Jugend, zu feiern.

Aber das war nicht der einzige Grund. Ebenso wichtig war mir die Reisegruppe, mit der ich unterwegs sein würde. Man wandert nicht einfach durch den Himalaja: Um Hunderte Kilometer zwischen menschenleeren Bergen zurückzulegen, war eine ganze Expedition vonnöten, bestehend aus Führern, Trägern, Maultieren und Reisegefährten, aus Zelten, die abends auf- und morgens wieder abgebaut werden mussten.

Zu den neun, die mit mir aufbrachen, gehörte auch Nicola, mit dem mich eine beginnende Freundschaft verband. Wir kannten uns erst seit Kurzem, hatten Gemeinsamkeiten festgestellt und befanden uns noch in der Phase, in der man am jeweils anderen alles Mögliche entdeckt. Trotzdem waren wir beide fest davon überzeugt, dass Freundschaften nicht einfach so entstehen: Man muss sie bewusst eingehen, hegen und pflegen. Man muss gemeinsame Erfahrungen machen, die unvergesslich bleiben. So kam es, dass ich ihm das Dolpo eines schönen Frühlingstags am Telefon beschrieb und fragte: »Wollen wir zusammen dorthin fahren?«

»Ja«, erwiderte er. Inzwischen war es Herbst, ohne dass einer von uns einen Rückzieher gemacht hatte.

Der andere Reisegefährte war Remigio, der bisher engste und schwierigste Freund in meinem Leben. Während der zehn Jahre unserer Freundschaft war es mir nicht ein einziges Mal gelungen, ihn aus dem Bergdorf herauszulocken, in dem er geboren und aufgewachsen, und in das ich gezogen war. Ich wollte ihn da nicht rausreißen, aber zur Abwechslung mal etwas anderes mit ihm erleben: einen Ort, an dem wir beide fremd sein und das Gefühl haben würden, weit fort zu sein, etwas ganz Neues zu entdecken. Monatelang hatte ich ihn dahingehend bearbeitet, all meine Überredungskunst aufgeboten und nichts als Skepsis und ständige Meinungsänderungen geerntet. Es gab immer irgendein Knie, das nicht mehr mitmachte, Geld, das fehlte, ja, sogar das Auto spielte einmal verrückt. Aber irgendwann kam er dann doch zum Flughafen – als ich mich längst damit abgefunden hatte, dass er nicht mehr auftauchen würde.

»Du bist also mit von der Partie?«

»Sieht ganz danach aus«, erwiderte er achselzuckend.

Ich wusste, dass man in den Bergen stets allein ist, auch wenn man mit anderen unterwegs ist, freute mich aber darauf, meine Einsamkeit mit diesen Gefährten zu teilen.

Anfang Oktober, als es in den Alpen jeden Moment schneien konnte, brachen wir auf und landeten in einem staubigen, warmen Kathmandu, das gerade erst die Monsunzeit hinter sich hatte. Seit meinem letzten Besuch schien sich die Stadt in dem weitläufigen Tal noch mehr ausgebreitet zu haben. Es gab neu hinzugekommene Peripherieringe, Barackensiedlungen, Wohnviertel, streunende Hunde, Affen, Bettler, abgemagerte, mitten auf der Straße herumstehende Kühe und Kinder. Die hinduistischen und buddhistischen Tempelanlagen am Durbar-Platz, die das Erdbeben vor zwei Jahren beschädigt oder völlig zerstört hatte, lagen noch in Trümmern, Holzpfähle stützten die erhalten gebliebenen Mauern.

Große Plakate verkündeten, dass sich die chinesische Regierung um den Wiederaufbau kümmern werde. China? Was hatte China auf dem bedeutendsten Platz Nepals zu suchen?

Ich war mit Fieber angereist, was meine Verwirrung noch steigerte, und als mich eine Frau überredete, ihr Säuglingsmilchpulver zu kaufen, ließ ich mir von ihr und ihrem Komplizen im Laden fast alle Rupien klauen. In den umliegenden dunkelroten Gassen boten Metzger blutige Ziegenköpfe feil, und in den kleinen Tempeln an jeder Straßenecke brachten Gläubige Blumen und Obst dar, das dort verfaulen würde. Im touristischen Thamel-Viertel voller Westler, die auf den Everest wollten oder das Kathmandu der Beatles suchten, machten wir die letzten Besorgungen für unsere Expedition, und zwar in einem dieser Second-Hand-Läden, die Windjacken, Pullis und haufenweise Bergschuhe auf den Verkaufstischen anbieten: alles Sachen, die Kunden ihren Trägern schenken, wenn sie sie in ihren kurzärmeligen Hemden und Flipflops sehen, und die selbige Träger weiterverkaufen, sobald sie ins Tal zurückgekehrt sind. Wir liefen zwischen Staub und verschwitzten Leibern umher, überall wurden uns bettelnde Hände entgegengestreckt, es wurde gehupt, und an der Straße strömten Abwässer entlang. Trotzdem hatte die Stadt etwas, das mich nach wie vor begeisterte.

Die besten Lokale lagen oben auf den Dachterrassen, wo man das Gefühl hatte, über die Nöte der Menschen erhaben zu sein. Während wir bei einem Bier über unsere Reise sprachen, ertappten wir uns dabei, nach Norden zu schauen: Von Kathmandu aus ist der Himalaja nicht zu sehen, das Tal wird von Hügeln und Wolken umschlossen. Dennoch konnten wir ihn uns vorstellen und wurden ganz ehrfürchtig. Wie das in Nepal so ist, wich das Gefühl, Zeit zu verlieren, dem, sich an ein ganz neues Zeitgefühl gewöhnen zu müssen.

Denn erst, wenn man sich damit abgefunden hat, kommt man in die richtige Reisestimmung. Dann trafen eines Morgens die Genehmigungen zum Betreten des Dolpo ein, und wir konnten endlich Richtung Berge aufbrechen.

RINGMO
GROSSER WASSERFALL
SULI GAD-TAL
TEEZELT
HANFFELDER
JUPHAL
DU JUWEL IN DER LOTUSBLÜTE

Kapitel 1

Den Fluss entlang

In dem kleinen Flugzeug nach Norden fiel mir beim Anblick des aus dichten Tropenwolken hervorragenden Himalaja ein Buch wieder ein, das ich einst an einem Fiebertag von meinem Vater bekommen hatte – ich dürfte damals ungefähr neun gewesen sein. Es hieß *Die schönsten Gipfel der Welt* und hatte den Monte Rosa auf dem Umschlag, der für mich damals mein Ein und Alles war. Ich hatte bereits eine kleine Kostprobe von Fels und Eis bekommen, allerdings im Sommer. Im Winter waren die Berge bloß noch eine ferne Erinnerung, weshalb ich viele Stunden mit diesem Bildband im Bett verbrachte, um mich von meiner Grippe und der Sehnsucht nach ihnen zu erholen. Ich betrachtete die Umrisse des Everest, des K2, des Nanga Parbat, las von den Männern, die sie erklommen hatten, und lernte Namen und Höhenangaben auswendig – mit der Hartnäckigkeit eines Kindes, für das dieses Sich-Einprägen ein magischer Akt ist, weil es ihm vorgaukelt, so von den Dingen Besitz zu ergreifen. Damals träumte ich noch davon, Bergsteiger zu werden, las Messner und Bonatti, als wären sie Stevenson und Verne, während Tibet und Nepal sagenhafte Reiche, ja, Schatzinseln waren.

Noch dreißig Jahre später konnte ich den Dhaulagiri, den am westlichsten gelegenen Achttausender Nepals, anhand seiner Umrisse identifizieren. Das kleine Flugzeug ging tiefer, streifte die von der Sonne beschienenen Wolken und ließ ihn ostwärts liegen. Weitere dunkle Gipfel tauchten vor uns auf, eine Gebirgskette auf fünftausend Metern Höhe: Wie erhofft, blieb der Nebel an dieser Wand hängen. Dann entdeckte ich unter den Propellern nach und nach schmale Grate, Schluchten, die in morgendliches Dunkel abfielen, und Schotterrinnen, die Steinlawinen zur Regenzeit gegraben hatten. Ich warf einen Blick auf Remigio, der am Fenster klebte, und glaubte zu wissen, wonach er suchte: nach einer Landschaft, die er lesen konnte, nach einer Schrift, die ihm vertraut war.

Seit ich in den Bergen lebte, interessierten mich Täler mehr als Gipfel und Bergbewohner mehr als Bergsteiger. Mir gefiel die Vorstellung von einem einzigen großen Hochgebirgsvolk auf der Welt, aber das war nur so eine romantische Idee. In den Alpen waren wir mittlerweile Bewohner einer gigantischen europäischen Riesenmetropole beziehungsweise ihrer bewaldeten Peripherie. Wir lebten, arbeiteten, reisten und unterhielten Beziehungen wie Städter. Bergbewohner – gab es die überhaupt noch? Gab es noch irgendwo authentische Berge, unberührt vom Kolonialismus der Stadt, unversehrt in ihrem Berg-Sein? Mit diesen Fragen war ich vor wenigen Jahren nach Nepal geflogen und hatte die beliebtesten Gebiete bereist – nur um festzustellen, dass die Moderne mittlerweile auch den Himalaja beglückte: mit Straßen, Motoren, Telefonen, elektrischem Strom, Industriegütern und gepriesenen Wohlstandssegnungen im Tausch gegen eine uralte, genügsame Kultur, die genauso dem Untergang geweiht war wie die alpenländische. Ich musste weitersuchen, weiter in die Ferne ziehen.

Der Pilot, dessen Handgriffe ich genau im Auge behielt, drehte behutsam ab und folgte den Windungen eines sonnenbeschienenen Tals. Er steuerte eine kurze Schotterpiste an – nur wenige hundert Meter auf halber Höhe eines Hangs – und begann mit dem Landeanflug. Er setzte auf und bremste energisch zwischen den Häusern von Juphal, dem Ausgangspunkt unserer langen Tour nach Norden: niedrige Steinhütten, umgeben von Terrassenfeldern. Die Ernte war in dieser Region so gut wie eingeholt. An mir klebte der Schweiß eines schwülen Tropenvormittags, doch als ich die Flugzeugtreppe hinunterstieg, roch ich sofort die klare Bergluft. Ich hatte gerade noch Zeit, nach meinem Rucksack zu greifen, als das zweimotorige Flugzeug auch schon wieder abhob.

Sete war siebenundvierzig und ein Tamang aus Ostnepal – breite Wangenknochen, schmale Augen, dunkler Teint. Schon von klein auf war er es gewohnt, sich den Tragekorb umzuhängen. Nachdem er Koch und Hochgebirgsträger geworden war und als solcher den Everest, den Makalu, den Cho Oyu, den Dhaulagiri und den Shishapangma bestiegen hatte, war auch er mit zunehmendem Alter ins Tal zurückgekehrt. Jetzt arbeitete er sommers wie winters auf den Hütten des Monte Rosa, um im Herbst Expeditionen wie die unsere zu leiten.

Er sprach Italienisch und lachte viel. Ich fragte mich, ob diese Fröhlichkeit angeboren oder antrainiert war, um direkten Fragen auszuweichen. In Juphal stellte er seit einigen Tagen die Truppe zusammen, die aus ihm, seinem Bruder, fünf für Zeltlager und Küche zuständigen jungen Männern bestand sowie aus weiteren fünf, die mit den Tieren und dem Transport betraut werden würden. Hinzu kamen fünfundzwanzig Maultiere, die alles tragen sollten, was wir auf unserer knapp einmonatigen Trekkingtour brauchen würden. Und dann noch wir zehn aus den Alpen, sodass sich – Tiere und Menschen zusammengerechnet – die stolze Zahl von siebenundvierzig ergab. Zelte, Ausrüstung, Lebensmittel, Kochbenzin, Maultierfutter und Privatgepäck wurden auf den Packsätteln verstaut. Das Einzige, was wir nicht mitnahmen, war Wasser. Allabendlich einen Bach und einen Zeltplatz zu finden, war Setes Aufgabe, der noch nie zuvor im Dolpo gewesen war. Da er unseren Karten misstraute, erkundigte er sich lieber bei vorbeikommenden Maultiertreibern und Bauern nach dem Weg. In Juphal war es warm, und ich wusste nicht recht, was ich im Rucksack bei mir tragen und was ich aufs Maultier packen lassen sollte. Daher fragte ich Sete, ab wann wir dickere Kleidung benötigen würden.

»Weiter oben.«

»Was genau meinst du mit *oben*?«

Er zeigte fahrig auf die ausgebreitete Karte, auf einen ypsilonförmigen Fleck, den großen Phoksundo-See, der zwischen zwei Tälern liegt.

»Und wie lange brauchen wir bis dorthin?«

»Vier Tage möglicherweise.«

»Möglicherweise?«

Ich schaute nach, auf welcher Höhe der See lag: auf dreitausendsechshundert Metern. Auf zweitausendfünfhundert Metern, wo wir uns gerade befanden, wuchs Mais. Während wir von Juphal aus zur Talsohle hinabstiegen, kamen wir an Reisfeldern, mit Gerste und Hirse bebauten Terrassen und üppigen Gemüsebeeten vorbei. Die Häuser hatten Flachdächer aus festgestampfter Erde. Darauf wurden Heu und Chilischoten getrocknet. Das Dorfleben schien sich überwiegend dort oben abzuspielen, vor allem das der Frauen: Die jungen droschen Gerste mit langen Stöcken, die alten siebten sie im Wind, der die Spelzen forttrug. Unten wusch sich ein Mädchen mit Kernseife die Haare in einem Steinbecken. Längliche gelbe Kürbisse, seltsame Erbsen mit dornigen Schoten, ja, sogar Tomatenrispen gediehen an diesem baumlosen Hang, wo nur die Himalaja-Zeder, ein afrikanisch aussehender Nadelbaum, zwischen den Gemüsebeeten Schatten spendete.

Während ich mich umsah, musste ich an die von Unkraut überwucherten Terrassen, die eingestürzten Trockenmauern und von Wald verschluckten Bewässerungskanäle denken, denen ich in den Alpen regelmäßig begegnete. Daran, dass unsere Berge bestimmt auch einmal so gepflegt gewesen waren, und ich fragte mich, wann man diese hier wohl sich selbst überlassen würde. War das da unten eine Straße? Ja, neben dem Fluss verlief eine Schotterstraße, und genau in dem Moment, in dem wir sie erreichten, überholte uns ein kleiner Lieferwagen. Noch vor wenigen Jahren habe hier nur ein Maultierpfad entlanggeführt, sagte man uns.

Bei dieser Nachricht tauschten Remigio und ich einen

vielsagenden Blick. Er war in einem Dorf geboren, das bis zu den Siebzigerjahren nur zu Fuß erreichbar gewesen war. Dann war die Straße gebaut worden, und er hatte mit ansehen müssen, wie es sich im Lauf seines Lebens völlig entvölkerte. Einmal hatte er zu mir gesagt: »Wenn die Straße kommt, glaubt man jedes Mal, dass sie etwas bringen wird – nur um dann festzustellen, dass sie einem ausschließlich etwas *nimmt*.« Er beobachtete zwei Straßenarbeiter, die mit Schaufel und Hacke die Fahrbahn anlegten. Vermutlich sah er sich einer Szene aus seiner Kindheit gegenüber.

Unsere Reisegruppe wirbelte Staub auf, und die Kühle des Flusses da unten übte eine regelrechte Sogwirkung auf mich aus. Nachdem Sete verfügt hatte, wo das Lager aufgeschlagen werden sollte, war ich der Erste, der sich die Stiefel auszog und die Füße ins aufgewühlte Wasser des Bheri Khola tauchte. Er war eistrüb, metallgrau.

»Woher kommt dieses Wasser?«, fragte ich.

»Aus den Bergen.«

»Aus welchen Bergen? Vom Dhaulagiri?«

»Möglicherweise.«

Sete sagte *möglicherweise* statt *vielleicht,* was seinen Worten etwas seltsam Orakelhaftes verlieh.

Doch egal, aus welcher Quelle das Wasser stammte – ich hatte auf die Karte geschaut und wusste, worin es mündete: in die Karnali, einen Fluss, der in Tibet entspringt und nach siebenhundert Kilometern in den Ganges fließt. Dort, auf einem Felsblock zwischen Mücken und Farn, stellte ich mir vor, dass ich die Füße gerade ins Wasser des heiligen Flusses tauchte.

»Du warst schon mal da oben, stimmt's?«

»Wo?«

»Auf dem Dhaulagiri.«

»Ja, das stimmt.«

»Und wie war das so, weißt du das noch?«

»Lang«, erwiderte Sete. Um dann im Küchenzelt zu verschwinden und Anweisungen fürs Abendessen zu geben.

Ich streckte mich aus, um mich von der Sonne trocknen zu lassen, und zog das Buch, das ich mitgenommen hatte, aus meinem Rucksack, *Auf der Spur des Schneeleoparden* von Peter Matthiessen. Es ist 1978 erschienen und steht noch heute in sämtlichen Buchhandlungen Kathmandus, wo die zerknautschten Taschenbücher in den Rucksäcken neuer Wanderer landen.

Auch dieses Buch hatte etwas mit meiner Reise zu tun, ja, mich sogar teilweise dazu inspiriert. Einen Großteil des darin beschriebenen Weges würde ich nun selbst zurücklegen. Wir waren gleichaltrig, der *Schneeleopard* und ich, was Zufall sein konnte oder auch nicht. Nun begann ich, das Buch ein zweites Mal zu lesen.

Nach allem, was ich über Peter wusste, war er mir recht sympathisch. 1927 in New York geboren, hatte er in den Fünfzigerjahren zur zweiten Welle von Amerikanern gehört, die sich nicht ganz so erfolgreich wie Hemingway und Fitzgerald in Paris niedergelassen hatten. Auch Peter besaß eine junge Frau, eine Wohnung am linken Seineufer und Notizbücher, die gefüllt werden wollten. Obwohl er in Frankreich nichts Nennenswertes hervorbrachte, gehörte er zu den Gründern der legendären Literaturzeitschrift *Paris Review,* bevor er in seine Heimat zurückkehrte, um seinen beiden Leidenschaften nachzugehen: der Erkundung der Natur und der Erforschung der Psyche. Weil er fürs Eheleben nicht gemacht war, ließ er sich scheiden und begann, ausgedehnte Reisen zu unternehmen. In den Siebzigerjahren wurde er zum Umweltschützer, reiste kreuz und quer durch Südamerika und Südostasien. Dort beschäftigte er sich mit der Kultur der Ureinwohner, lernte über sie Peyote, Ayahuasca, Meskalin und später auch LSD kennen und hielt seine Drogenerfahrungen sorgfältig fest. Bis er irgendwann wie alle anderen mit Heroin in Berührung kam. Die Siebzigerjahre mit ihren uneingelösten Versprechen waren eine Enttäuschung für ihn. Vielleicht war er daran selbst nicht ganz unschuldig: Er stand in der Mitte seines Lebens und merkte, dass er kaum etwas erreicht hatte. Er wurde die Halluzinogene leid und begann, sich dem Buddhismus zuzuwenden. Er schrieb weiter, wenn auch ohne großen Erfolg.

Aus seiner Sicht war das eine Weiterentwicklung der Forschung. Dann bekam seine zweite Frau, mit der er seit einigen Jahren eine On-Off-Beziehung führte, einen Gehirntumor und starb. Auf einmal war Peter Witwer, Vater eines kleinen Jungen und in jeder Hinsicht verloren. Bis das Schicksal ihm die Einladung eines befreundeten Zoologen zuspielte, der nach Nepal ging, um das Verhalten der Bharal, der Himalaja-Blauschafe, zu erforschen. Ziel der Expedition war Shey Gompa, das »Kristall-Kloster« im Herzen des Dolpo. Der örtliche Lama hatte die Jagd untersagt, sodass sich diese Wildtiere dort besonders gut vermehrten. Mit etwas Glück würde er vielleicht auch deren Hauptfeind, den Schneeleoparden, zu

Gesicht bekommen, »die seltenste der Großkatzen«, den so gut wie niemand je gesichtet hatte. War das nicht ein wunderbarer Neuanfang oder zumindest ein perfekter Ausweg? Peter ließ seinen Sohn bei einem befreundeten Paar zurück und machte sich auf den Weg. Es sollte »eine echte Pilgerfahrt« werden, »eine Reise des Herzens«, wie er schrieb, und zwar »zur letzten Enklave reiner tibetischer Kultur«. Mit diesen Zeilen und mit einer handgemalten Karte beginnt das Tagebuch, das ihn berühmt machen sollte. Wie schon so oft war ich erst auf das Buch gestoßen, als keine Möglichkeit mehr bestand, den Autor persönlich erleben zu dürfen: Peter war 2014 mit fast neunzig gestorben, ein hochgewachsener, schmaler Herr mit einem zerfurchten Gesicht und hellwachen Augen. Die sah ich mir auf dem Schwarz-Weiß-Foto an, das ich als Lesezeichen benutzte, und sie kamen mir unglaublich klar vor – wie Augen ohne jeden Schatten, ohne jedes Geheimnis.

Auch ich zeichnete gern Karten. Ich wollte mir in den Ruhepausen Notizen machen, genau wie er, in einem schwarzen Heft, das ich von zu Hause mitgenommen hatte – stabil, aber doch so biegsam, dass ich es zusammengerollt in die Tasche stecken konnte. An diesem Abend weihte ich es ein. Während ich meine letzten Gedanken zu Papier brachte, wurde ich zum Abendessen gerufen: der erste Reis mit Linsen im Speisezelt, die erste Nacht im Zweimannzelt. Ich betrat es mitsamt dem Buch, dem Stift und dem Notizheft, begleitet vom Rauschen des Wassers.

Nicola lag in seinem Schlafsack direkt neben mir – eine Nähe, an die ich mich rasch gewöhnen sollte. Überhaupt stellten wir immer wieder überraschende Gemeinsamkeiten fest: Nicht nur waren wir wenige Stunden nacheinander geboren worden, sondern zufälligerweise auch unsere Väter. Wir waren beide in Mailand aufgewachsen (er ein wenig außerhalb), hatten einige Zeit in New York verbracht (er in Harlem und ich in Brooklyn) und Zuflucht in den Bergen gesucht (er im Veltlin, ich im Aosta-Tal), ohne uns – bis vor einem Jahr – jemals begegnet zu sein, aber dann waren wir uns sofort sympathisch gewesen. Wir hatten sozusagen ein Parallelleben geführt, und unsere Zeltgespräche klangen in etwa so:

»Weißt du noch, damals im Herbst, der Abend, an dem Obama gewählt wurde?«

»Klar, da war ich an der Lower East Side auf einem Konzert. Der schwarze Trompeter hat gespielt und geweint.«

»In Harlem haben die Frauen Wildfremde auf der Straße umarmt. Es war, als würde man Zeuge einer Revolution.«

»Doch dann hat sich eigentlich kaum was geändert, oder?«

»Aber es war schön, dabei gewesen zu sein.«

Im Grunde waren wir die Matthiessens unserer Zeit: Euphorie und Enttäuschung hatte es in seinem Paris genauso gegeben wie in unserem New York. Ich hatte auf einer Brooklyner Mole gesessen und Kurzgeschichten über Matrosen geschrieben, während Nicola die Alleen Harlems vom Fenster aus beobachtet und damit begonnen hatte, Passanten zu malen. Später hatte er die Bergbewohner mit ihren gebeugten Rücken eingefangen – ausschließlich von hinten, wenn sie mit geschultertem Arbeitsgerät vom Feld kamen.

»Bist du müde?«

»Nein, gar nicht.«

»Ich komme mir wieder vor wie auf der Alm, wenn die Abende einfach kein Ende nehmen wollen.«

»Nur dass ich Grappa auf meiner Hütte habe.«

»Und ich Whiskey.«

»Lies mir was vor, wenn du Lust hast.«

Wir waren ein Maler und ein Schriftsteller, deshalb war er natürlich Linkshänder und ich Rechtshänder. Genau so teilten wir uns auch das Zelt, damit sich die Führungshand nehmen konnte, was sie brauchte. In meinem Fall das Buch – der dritte Vierzigjährige unserer Reisegruppe –, aus dem ich laut vorzulesen begann. »Hör mal, was da steht: ›Ob es wohl irgendwo auf der Welt noch einen schöneren Fluss gibt als den Suli Gad im Herbst? Im Nebel ragt ein Wassergeist aus monumentalem grauem Fels empor, eingehüllt in einen Mantel aus weißem Wasser. Weiter oben hängt das lange Band eines Wasserfalls von einer Klippe im Osten in den Wind, der die Schlucht aufwärts weht. Noch ehe es den Boden berührt, zersprüht es.‹« Nach wenigen Zeilen hörte mir Nicola schon gar nicht mehr zu. Oft schlief er zu Peters psychedelischer Prosa sofort ein, woraufhin ich ihm eine gute Nacht wünschte und allein weiterlas.

Peter hatte einen höchst treffenden Begriff für seine Reise benutzt: »›*Gnaskor* oder von Ort zu Ort herumwandern‹, so nennen die Tibeter die Pilgerschaft.« Eine Pilgerschaft ist in jeder Kultur ein Läuterungsweg, doch beim Herumwandern von Ort zu Ort gibt es keinerlei Ziel – ganz im Gegensatz zu unseren Pilgerreisen nach Jerusalem, Rom und Mekka. Aber ohne ein Ziel – woher weiß man dann, ob man geläutert wurde? Ich sah da durchaus einen Zusammenhang zwischen dem Bedürfnis nach heiligen Städten am Ende des Weges und der Gipfelbesessenheit von Bergsteigern: Von klein auf hatte ich miterlebt, wie Gipfel als Metapher fürs Paradies und der Begriff *Aufstieg* in spirituellem Sinn benutzt wird. Mir fiel wieder ein, dass die wichtigste tibetische Pilgerreise darin besteht, den Berg Kailash, der in dieser Kultur als heilig gilt, einmal zu umrunden. *Kora,* tibetisch für *Umrundung.* Während die Christen Gipfelkreuze errichten, ziehen die Buddhisten Kreise um den Fuß der Berge. Ersteres empfand ich als brutal, Letzteres als rücksichtsvoll: Eroberungsdrang versus Erkenntnisdrang.

Meine Pilgerschaft begann an einer Hängebrücke aus Stahlseilen, diese waren von einem Flussufer zum anderen gespannt. Sie führte in die Schlucht des Suli Gad. Von nun an sollten wir keine motorisierten Fahrzeuge mehr sehen. Wir stiegen in einem engen, kargen Tal bergauf und ließen den schäumenden Wildbach unter uns, während Bartgeier mit ihren keilförmigen Schwanzfedern über unseren Köpfen kreisten und auf Felsblöcken am Hang landeten, um uns zu beäugen. Dort, wo die Vegetation zurückkehrte, gingen wir zwischen hohen krautartigen Pflanzen, und es dauerte eine Weile, bis ich sie an den Blättern wiedererkannte. Auch ihr Duft kam mir vertraut vor.

Ringsum stand hoch der Hanf. Dicht und üppig und ganz in der Nähe der Winterunterstände fürs Vieh, die wir verlassen vorfanden, gedieh er auf mit Mist gedüngtem Boden. Wie ich sehen konnte, taten sich die Maultiere gern daran gütlich.

Ich riss eine Dolde ab und steckte sie mir in die Brusttasche wie eine Blume ins Knopfloch – zum Gedenken an Peter und den Hippiespruch, den ich in Kathmandu auf irgendeinem T-Shirt gesehen hatte: »Never – End – Peace – and – Love.«

»Hast du das gesehen?«, fragte Remigio. »Da drüben wird Heu gemacht.«

Er zeigte auf den Hang gegenüber, an dem mehrere Frauen gebückt arbeiteten, mit kleinen, feinen Sicheln. Auch wir hatten schon viele Stunden auf dem Feld verbracht – mit Mähmaschine, Traktor, Ballenpresse und Anhängern voll schwankender Heuberge, auf denen ich saß, während er fuhr. Deshalb interessierte uns die nepalesische Technik: Hier transportierte man das Heu im Tragekorb, auf einem in den Hang geschlagenen, hinter einem Grat verschwindenden Pfad. Dort wird ein Dorf liegen, sagten wir uns und hätten gern gewusst, wie es da aussah. Noch immer konnten wir keine Männer entdecken, nur Jungen, kaum mehr als Kinder: Sie hatten eine Menschenkette gebildet und reichten einen Wasserkanister weiter, den der Erste am Wildbach gefüllt hatte und der Letzte herumgehen ließ, damit die Mütter ihren Durst löschen konnten.

Das Dunkel des Waldes war die reinste Wohltat. Heu war zum Trocknen über Zedern- und Kiefernzweige gehängt worden – in langen Flechten, die an Lianen erinnerten. Ich sah, dass jemand das Mantra *»Om mani padme hum«* an eine Felswand gemalt hatte – sechs Symbole, die ich inzwischen entziffern konnte, und ein Singsang, den ich immer mal wieder hörte. »O du Juwel in der Lotusblüte«, dieser geheimnisvolle, tausendfach interpretierte Vers, der an das Unsichtbare gemahnt, das sich im Sichtbaren verbirgt. Außen befindet sich die Lotusblüte, die vergängliche Form, darin ihr Juwel: die kostbare Substanz, das Immerwährende. Was verbarg sich in den Heuflechten? Und was im Flug der Bartgeier, in einem wilden Birnbaum mitten im Wald? Ich pflückte eine harte, unreife Frucht und kaute darauf herum, doch sie war sehr sauer, und als ich sie ausspuckte, hatte ich das Bedürfnis, den Baum um Vergebung zu bitten.

Am Nachmittag wälzten sich die von den Packsätteln befreiten Maultiere übermütig auf dem Rücken, um das Jucken von der Last loszuwerden – vielleicht auch unter Einfluss des Hanfes? Ich beobachtete die Träger und Maultierführer: junge Männer um die zwanzig in abgetragenen Jeans und dünnsohligen Turnschuhen mit hellwachem Blick und bemüht modischer Frisur unterm Tragekorb. Sie errichteten das Zeltlager unweit einer Hütte, davor ein Tisch und zwei Bänke, jede Menge leere Flaschen und eine Darre, der ich entnahm, dass Marihuana ein beliebtes Genussmittel bei den Talbewohnern war. Ich bevorzugte Bier und ging nachsehen, ob es welches gab. In der Hütte, die etwas von einem Kaufladen hatte, ja, vielleicht beides war, Wohnung und Geschäft, fragte mich eine Frau in gebrochenem Englisch, wohin wir wollten.

»Phoksundo.« Ich zeigte aus dem Fenster. »Shey Gompa. Der Kristallberg.«

»Das ist weit«, erwiderte sie und gab mir eine Flasche Bier, deren Gravur ein anderes Logo zeigte als das Etikett: ein Heineken, aus dem irgendwie ein Everest geworden war. Die Frau verzichtete darauf, die nächstlogische Frage zu stellen, nämlich warum wir Westler hierherkamen, um uns zu quälen, auf dem Boden zu schlafen, der Kälte zu trotzen und uns mit Staub zu bedecken – ohne einen anderen ersichtlichen Grund, als unseren warmen Betten und schnellen Autos entfliehen zu wollen. Trotzdem stand sie ihr ins Gesicht geschrieben. Hätte sie die richtigen Worte dafür gefunden – hätte ich dann welche gehabt, um ihre Frage zu beantworten?

Während die Sonne unterging und ich am Ufer des Wildbachs an meinem Everest nippte, stellte ich fest, dass Peter eine ganz ähnliche Begegnung gehabt hatte. Nur dass ihm die Frage tatsächlich gestellt worden war: »Ich zuckte die Achseln. Zu behaupten, ich sei ebenfalls an Blauschafen, Schneeleoparden oder meinetwegen abgelegenen Lamaklöstern interessiert, träfe wohl mehr oder weniger zu, war aber keine Antwort auf seine Frage. Zu sagen, ich wolle eine Pilgerfahrt unternehmen, erschien mir albern und nichtssagend, obwohl auch das stimmte. So gab ich zu, ich wüsste es nicht. Hätte ich ihm sagen sollen, dass ich das Geheimnis der Berge zu lüften hoffe, auf der Suche nach etwas noch Unbekanntem, das sich wie der Yeti vielleicht gerade dann entzieht, wenn man danach sucht?«

Ich legte das Buch beiseite und betrachtete den Suli Gad. Bei Sonnenuntergang brachte das Wasser auch Moosduft mit. Da dachte ich: Selbst wenn man nicht weiß, wonach man sucht, ist ein Wildbach der beste Weg, dem man nur folgen kann. Er gibt unbeirrbar die Richtung vor, führt bis zu seiner Quelle, und während man zusehen kann, wie er immer klarer wird, spürt man, wie man nicht nur seiner, sondern auch der eigenen Läuterung entgegengeht. Ich stellte mir vor, wie der große Phoksundo-See die Gletscher wiederspiegelte, denen er entstammte. Ich tauchte die Hand ins eiskalte Wasser und glaubte, ihren Schnee schon zu spüren.

Der alte Hippie hatte recht: Nicht einmal ich hatte auch nur ansatzweise etwas Ähnliches wie das Tal des Suli gesehen. Ich war allein unterwegs, begegnete dann und wann einem Reisegefährten und gab mich ansonsten der Betrachtung des Wassers hin. Die Formen am Fluss beeindruckten mich so sehr, dass ich mich immer wieder hinsetzte, um sie zu zeichnen: Himalaja-Zedern, Kiefern, die mich an Zirbeln erinnerten, Birken mit gelb gewordenen Blättern. Eine kleine Brücke aus Baumstämmen, die zwischen den Ufern ins Leere ragen, mit einem Geländer, das ein begabter Schreiner mit Schnitzwerk verziert hatte. Ein Manisteinhaufen, große Flusskiesel, in die das Schutzmantra eines Dorfes geritzt worden war (Sete riet uns, stets links an religiösen Bauwerken wie dem hier vorbeizugehen, um den Uhrzeigersinn zu folgen, der dem Buddhismus gemäß die Welt beherrscht). Maiskolben auf einem Hausdach und eine Frau, die in einem Kessel mit fermentierter Gerste rührte. Sie würde *chang* daraus machen, eine Art trübes Bier, oder *rakshi,* den starken hausgebrannten Schnaps, dem die Nepalesen gern zusprechen. Außerdem Pfützen, Stromschnellen, weiße Schotterufer, Farninseln und Sandbuchten. Während ich zeichnete, kamen zwei Frauen auf Maultieren an mir vorbei.

EINDRÜCKE VOM SULI GAD

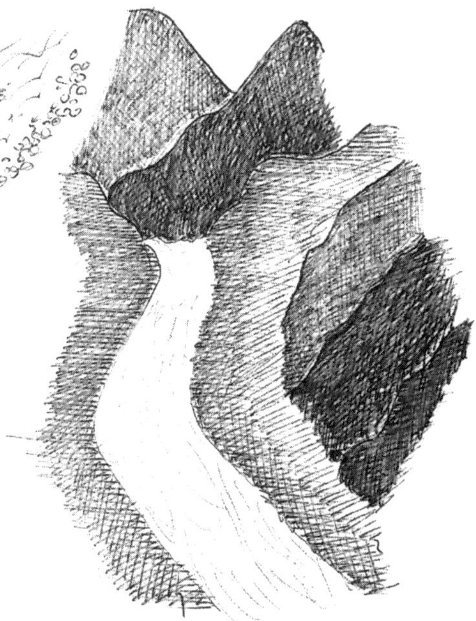

Ich glaubte, sie lachen zu hören, aber vielleicht war das auch nur eine akustische Täuschung, der Übermut eines kleinen Wasserfalls. Peter: »Ich schaue mich um – wer hat da gesprochen? Und wer hört? Wer ist dieses immer-gegenwärtige ›Ich‹, das nicht ich selbst bin? Eine einsame Vogelstimme stellt dieselbe Frage. Hier im Geheimnis der Berge, im Brausen des Flusses, berühre ich meine Haut, um zu sehen, ob ich wirklich bin; laut rufe ich meinen Namen und gebe keine Antwort.«

Ich ging bachaufwärts und kam zu einem quadratischen Zelt aus festem militärgrünem Stoff. Es hatte mehrere kleine Fenster und eine Dachöffnung, aus der ein geschwärzter Rauchabzug ragte. Remigio wartete dort schon auf mich. Vor dem Zelt machte ein junger Mann Kleinholz aus einem Zedernstamm, ein an einen Baum gebundenes Pferd verjagte Fliegen mit dem Schweif, und ein sommersprossiges Kind musterte uns neugierig.

»Das bin ich mit sieben Jahren«, sagte Remigio.

»Was hast du mit sieben gemacht?«

»Im Sommer bin ich mit meiner Mutter auf die Alm gegangen. Wir hatten einen Stall und einen Gemeinschaftsraum, in dem wir aßen und schliefen. In den Siebzigern sind die ersten Touristen zu uns raufgekommen. Sie waren neugierig, aber ich habe mich geschämt, weil ich immer schmutzig war – auch für das Leben, das wir führten.«

Das Kind wusste nicht, dass es seinem Alter Ego aus der Zukunft gegenüberstand: Remigio lächelte es an, woraufhin es verschwand. Ich dagegen verstand langsam, dass diese Bergbewohner alle halb Hirten, halb Händler waren. Deshalb steckte ich den Kopf ins Zelt und bat um einen Tee. Ich hatte recht: Eine junge Frau ließ uns in der warmen, verrauchten Dunkelheit auf Sitzkissen am Ofen Platz nehmen und setzte Wasser auf. Während wir warteten, entdeckte ich über meinem Kopf eine Schnur, an der Fleischstreifen zum Trocknen hingen. Wegen ihres Geruchs tippte ich auf Ziegenfleisch. Töpfe, Blechdosen, Reissäcke, Lumpen, Wannen und Tassen nahmen die Hälfte des Zeltbodens ein.

»Alles auf dem Boden genau wie in der Küche meiner Mutter, genau so«, bestätigte mir Remigio.

Ich probierte mein armseliges Nepalesisch an der jungen Frau aus, die vielleicht die Schwester des Kindes war, vermutlich jedoch eher seine Mutter. Ich schätzte sie auf um die zwanzig. *Tato pani* – heißes Wasser. *Mito tsa* – gut! *Didi* – Mädchen. *Ramro didi* – schönes Mädchen. Sie lächelte und schenkte mir von ihrem schwarzen, nach Wacholderrauch duftenden Tee mit Milchpulver nach.

Der erste Schnee tauchte am Spätnachmittag auf, am Ende eines Seitentals: Ein Gipfel des Kanjiroba – ein knapp siebentausend Meter hohes Gebirgsmassiv – glitzerte über den dunklen Hängen, bis zu denen die Sonne nicht mehr vordrang. Mir fiel ein, dass Wälder, Wildbäche und Täler nur ein Vorgeschmack auf das waren, was uns eigentlich erwartete, und meine Stimmung kippte. Deshalb war ich erleichtert, wieder zu meinen Reisegefährten zu stoßen, nachdem ich mich zum Schreiben und Zeichnen etwas zurückfallen hatte lassen. Unsere aneinandergereihten Zelte waren bereits unweit eines Dorfes aufgeschlagen worden, die Maultiere weideten, und aus der Küche kam Suppenduft. Ich setzte mich zu den anderen, und während sie plauderten, warf ich einen Blick auf die Karte: Ihr entnahm ich, dass Sanduwa, wo wir uns gerade befanden, auf zweitausendneunhundertsechzig Metern Höhe lag.

»Alles okay?«, fragte Nicola und reichte mir eine Flasche. Er hatte weiteres Bier geholt, echtes Everest, kellerfrisch.

»Ja, ja«, log ich.

»Morgen geht's nach oben, stimmt's?«

»Schade, dass wir den Fluss hinter uns lassen.«

»Ja, das war ein schöner Fluss.«

Wir stießen auf den Suli Gad an, die Flaschen klirrten. Nicola hatte gemerkt, dass da was nicht stimmte. Aber ich hatte keine Lust, es ihm zu erklären. Er würde es mit der Zeit schon selbst herausfinden.

Ich hätte niemals Bergsteiger werden können. Schon als kleiner Junge merkte ich, dass mir die Höhe nicht bekam, mein Magen war ein gnadenloser Höhenmesser. Ab dreitausend Metern begann er zu rebellieren und quälte mich bis zum Viertausender-Gipfel, den ich nur benommen erreichte. Häufig musste ich mich dabei übergeben. Das führte dazu, dass die Berge jede Schönheit für mich verloren. Was blieb, war das Gefühl eines qualvollen Eroberungszugs. Jahrelang kämpfte ich dagegen an, stets in der Hoffnung, dass sich das legen würde. Aber es legte sich nicht. Stattdessen begann ich, mich damit zu arrangieren. Ich wusste genau, wann es losging, und lernte, dass es beim Absteigen wieder verschwand. Irgendwann gehörte es zu meinen Bergtouren einfach dazu, bei denen mich der Kopf anspornte, antrieb und anflehte, während der Bauch widerwillig gehorchte und es kaum erwarten konnte, absteigen zu dürfen. Bis zu dem Tag, an dem ich diesen Kampf satthatte, es nur noch absurd fand, ihn weiterführen zu wollen. Das Bergsteigen durfte getrost ein Kindheitstraum bleiben. Wenn mich die Gletscher in die Schranken wiesen, gab es da schließlich immer noch die Wiesen und Wälder, die mich freudig empfingen. Es war jetzt mehr als zwanzig Jahre her, dass ich über die dreitausend Meter hinausgekommen war.

Bis sich das Tal hinter Sanduwa gabelte: Im Nordosten lagen das Dorf Murwa und die letzten bebauten Terrassen, im Nordwesten dagegen eine tiefe Schlucht, in die der Suli stürzte. Ich ließ die anderen vorausgehen und blieb allein zurück. Vor mir, aber hinter der Schlucht, wurden hohe Zinnen aus roter Erde von aufeinander balancierenden Steinblöcken überragt, dazwischen zerklüftete Erosionsfurchen. An mehreren Stellen sprudelte Wasser aus dem Boden, als käme es hinter einem Erdrutsch hervor. Und das war er vermutlich auch: der riesige uralte Erdrutsch, durch den der Phoksundo-See entstanden war. Dort, wo sich das Tal schloss, wurde der Weg steiler und führte nach Tagen am Ufer des Wildbachs erstmals bergauf. Ringsum wich der Wald, der mich bisher beschützt hatte, Zwergzedern, dornigen Büschen, Hundsrosensträuchern und staubgrauem Wacholder.

An diesem Hang machte sich mein bewährter Höhenmesser wieder bemerkbar: dreitausend, dreitausendvierhundert, dreitausendfünfhundert Meter. Die Lunge spürte die dünner werdende Luft, das alarmierte Herz begann, viel zu schnell zu schlagen, und der Magen zog sich zusammen. Ich verlangsamte meine Schritte. Wenn ich schon auf dreitausendfünfhundert Metern so litt – wie wollte ich da erst Fünftausender-Pässe überwinden? Ich zwang mich, nicht an die Zukunft zu denken, an die mir noch bevorstehenden ein- bis zweitausend Höhenmeter. Stattdessen konzentrierte ich mich auf Füße, Beine und Lunge, damit meine Atmung nicht in Keuchen überging, sondern tief und regelmäßig blieb. Den Magen konnte ich nur unter Kontrolle bekommen, wenn ich Ruhe bewahrte. Ruhe war der Schlüssel zu allem, das eigentliche Gegenteil von Angst. Weil ich so mit mir beschäftigt war, hätte ich die Stelle fast gar nicht bemerkt, an der die Schlucht endete und der mächtige Wasserfall des Suli Gad auftauchte. Auf halbem Hang explodierte das Wasser förmlich und stürzte weiß vor Gischt in die Tiefe, um dann in Richtung des noch weit entfernten Ganges nach unten zu sprudeln. Ich hätte gern etwas von seiner sprudelnden Leichtigkeit mitgenommen, Kraft für die kommenden Tage daraus geschöpft.

Hinter dem Erdrutsch führte der Weg in eine Senke und wurde etwas flacher. Der Lärm des Wassers ließ nach, und es tauchten wieder schattenspendende Kiefern auf. Ich sah neue Berge am Horizont, bedeckt von Gletschereis, an ihrem Fuß nach wie vor grüne Wiesen. Darauf bewegten sich vereinzelt schwarze Flecken: die ersten Yaks der Reise. Da ich den ganzen Sommer über zwischen Almen lebte, sorgten die Weidetiere für Heimatgefühle – und nicht nur sie, auch das Zartgrün der Gräser und Sträucher, das Mattgrün der Zirbelkiefernwälder und die runderen Gipfel. Zwei große rot-weiße Chörten, die an dreistöckige Pagoden erinnerten, säumten den Zugang zu dieser Welt. Während ich sie passierte, begegnete ich einer jungen Frau im Eilschritt: Ich langsam und schwerfällig, ganz aufs Gehen konzentriert, und sie so leichtfüßig, dass ihr die Luft bei ihrem Lauftempo das Haar zerzauste. Lang und glänzend schwarz fiel es auf ein purpurrotes Gewand mit besticktem Wollgürtel.

»*Namasté!*«, begrüßte ich sie auf Nepalesisch.

»*Tashi delek!*«, kam es auf Tibetisch zurück. Wegen der Sprache und Kleidung, der schnellen, mühelosen Schritte und der mongolischen Züge mussten wir uns bereits jenseits der Grenze befinden. Die beiden Chörten standen auf einer Kuppe, und nachdem ich sie überwunden hatte, sah ich ein Stück hangabwärts die Häuser eines Dorfes und dahinter, am Grund der Senke, das Blau des Phoksundo-Sees. Nicht das Türkis, von dem ich gelesen hatte, sondern ein Petrolblau, das meiner Stimmung entsprach – oder war es nur der Himmel, an dem gerade Wolken aufzogen?

Schon gegen Mittag besorgte uns Sete eine richtige Unterkunft. Nach mehreren Nächten im Zelt und im Hinblick auf viele weitere mit dem Boden des Dolpo im Rücken, tat es gut, einmal weich schlafen und sich richtig erholen zu können. Trotzdem verbrachte ich den Nachmittag damit, gegen meine Benommenheit anzukämpfen und eine Runde durchs Dorf zu drehen. Doch schon bald merkte ich, dass Ringmo weitaus mehr war als nur ein Dorf, nämlich ein richtiges kleines Städtchen, wo Reisegruppen Station machten, um von hier aus weiter nach Norden zu ziehen. Überall Yaks, Läden und Handelswaren, aber auch Gebetsfahnen. Ich musterte die viereckigen niedrigen Häuser, die Steinmauern, die blau gestrichenen Fenster, die Holzstapel und Heugarben auf den Dächern. Das war eine Sprache, die mir vertraut war: Auch in den Alpen soll das Blau der Fenster Fliegen abhalten, auch dort sind Heu und Holz vor Einbruch des Winters Gold wert für die Bergbewohner. In einem Innenhof bearbeiteten Schreiner Kiefernstämme mit primitiven Hobeln. Sie machten Trägerbalken daraus. Eine in einem Hauseingang sitzende Frau spann routiniert Schafwolle, die Spindel in ihrer Rechten drehte sich, während ihre Linke Wolle aufwickelte, ihre Hände bewegten sich wie von selbst. Ganz ähnlich wie die des Mönches, der seine Gebetskette bei einer *puja,* einer Segenszeremonie für ein neues Haus, herunterbetete. An verschiedenen Stellen im Dorf entstanden drei neue Gebäude. Ein Ladenbesitzer erklärte mir, dass das keine Häuser, sondern Hotels seien, und obwohl mich die Nachricht beunruhigte, gefielen sie mir. Sie bestanden ausschließlich aus Holz und Stein, aus handgesägten Balken und Brettern. Während neue Hotels aus Wäldern und Fels hervorschossen, verfielen alte Chörten und wurden wieder zu einem Teil der Berge. Auch die Treppen, die zu den Dächern hinaufführten, waren wie Einbäume aus ganzen Baumstämmen geschnitzt. Remigio und ich sahen sie uns näher an, wollten nach unserer Rückkehr auch so eine bauen. Es war windig, und auf jedem Dach flatterten zerschlissene Fahnen.

»Spürst du die Höhe?«, fragte ich Remigio, während wir die Treppe in Spannen ausmaßen.

»Ich glaube schon. Ich habe ein wenig Kopfweh«, antwortete er. Obwohl er auf tausendachthundert Metern geboren worden war, erklomm er zum ersten Mal in seinem Leben solche Höhen.

»Vergiss nicht, viel zu trinken. Wasser, Tee, Suppe – trink auch, wenn du keinen Durst hast.«

»Okay.«

Ich wollte mir den See anschauen und schob mein Bedürfnis, mich im Warmen auszustrecken und zu schlafen, noch ein wenig auf. Beim Überqueren einer Hängebrücke erkannte ich einen Felsblock wieder, den schon Peter beschrieben hatte. Er lag mitten im Wildbach und war mit einem »*Om mani padme hum*« verziert. Ich war beeindruckt, dass er nach vierzig Jahren immer noch da war, aber das baufällige Kloster am Ufer war bestimmt vierhundert Jahre alt. Ein Yak-Hirte, der zwischen den Sträuchern ein Nickerchen hielt, öffnete ein Auge, als ich zum Wasser hinabstieg. Auch das verschnörkelte, sinnliche Augenpaar eines Buddhas, das auf die Mauer eines Chörten gemalt war, spähte zwischen den Bäumen hindurch und beobachtete mich. Wer von uns sah, und wer wurde gesehen?

Ich setzte mich unter einen Wacholderstrauch voll reifer Beeren und pflückte ein paar, einfach so, steckte sie in die Tasche und vertraute darauf, dass mir der Grund dafür schon noch einfallen würde. Von meiner Warte aus schien der Phoksundo-See kein Ende zu nehmen, er zog sich in die Länge, um sich dann weiter unten zwischen extrem hohen Felswänden zu gabeln. Laut Peter, der auf seiner Wanderung hiesige Legenden gesammelt hatte, hatte noch kein Fisch darin gelebt und ihn noch kein Boot durchpflügt, was ihn aus meiner Sicht gleich noch viel düsterer machte. So fröhlich mich das sprudelnde Wasser von Wildbächen stimmt, so sehr beunruhigt mich das stille von Bergseen. Ich versuchte, mich mit ihm anzufreunden, indem ich ein paar Uferabschnitte skizzierte. Mein Strich war unsicher, die Hand zitterte, und es gelang mir nicht, den die Wasseroberfläche berührenden Zweig einer ausladenden Kiefer zu zeichnen, die wie Archipele aus dem See herausragenden Felsen oder das heruntergekommene Kloster, aber das akzeptierte ich. Währenddessen nahm der Gedanke Gestalt an, dass der See alles reflektiert und daher aus dem besteht, was sich darin spiegelt – in diesem Moment also auch aus mir. Er ist die einzige unbeirrt gerade Linie inmitten von lauter Krummem, Schiefem, Gebrochenem und Unregelmäßigem. Vielleicht war es ja das, was mich verstörte. Vielleicht lag es aber auch an meiner verzerrten Wahrnehmung wegen der Übelkeit, die von mir Besitz ergriffen hatte.

Von Peter wusste ich, dass die Berge laut den Tibetern von Geistern bewohnt werden, die zwar nicht böse, aber dem Menschen gegenüber doch unerbittlich gestimmt sind. Und meinem persönlichen Dämon musste ich erst noch begegnen. »Nach dem Glauben der Tibeter sind Hindernisse auf einer Reise, wie Hagel, Wind oder zu viel Regen, das Werk von Dämonen, die dadurch die ernste Absicht der Pilger auf die Probe stellen und die Kleinmütigen unter ihnen abschrecken.« Genauso wusste ich, dass mich dieser Dämon die gesamte restliche Expedition begleiten würde. Dass ich bereit war, ihm meine ernsten Absichten zu beweisen.

Es war komisch, auf dreitausendsechshundert Metern Höhe zu sein und das Gefühl zu haben, dass es ab hier erst richtig losging. Doch das Tal, in dem wir tagelang aufgestiegen waren, war auf einmal vergessen. Dort, wo ich mich inzwischen befand, war der Blick nur noch nach oben gerichtet. Von West bis Ost überragte eine Gletscherkrone die Senke. Ich bildete mir ein, plötzlich Zutritt zu einer anderen Welt bekommen zu haben, suchte den See nach einer Möglichkeit ab, ihn zu umgehen und entdeckte einen in den Fels gehauenen Pfad, der am Westufer anstieg und einen Gebirgsausläufer hinaufführte, um dann erneut abzufallen, vermutlich zu irgendeinem anderen unsichtbaren Ort unterwegs nach Shey Gompa und dem Kristallberg. Bis dorthin sollte uns die morgige Etappe führen – und nur bis dorthin reichte unsere Vorstellungskraft.

SKIZZEN VOM PHOKSUNDO-SEE

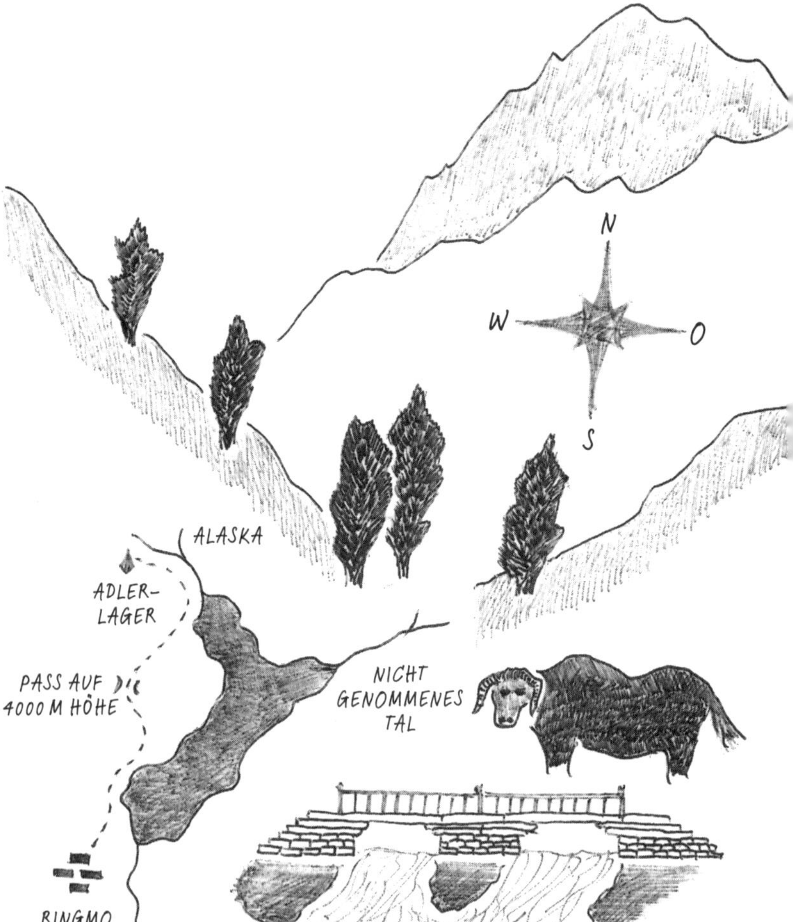
N
W
O
S
ALASKA
ADLER-
LAGER
PASS AUF
4000 M HÖHE
NICHT
GENOMMENES
TAL
RINGMO

Kapitel 2

Am Fuß des heiligen Berges

An dem Morgen, an dem wir den See hinter uns ließen, brach die Reisegruppe mit noch größerer Ehrfurcht auf. Der Koch bereitete Eier, Chapati und einen letzten Kaffee zu. Die Träger beluden ihre Körbe mit den Kochern und verstauten den Proviant in Jutesäcken. Die Maultiertreiber befestigten Zelte und Kerosinkanister an den Packsätteln. Die Knoten kontrollierten sie zweimal, denn hätten wir an diesem Tag das Gepäck verloren, wäre es im See versenkt worden. Die Maultiere schnaubten und scharrten mit den Hufen, um sich dann hinter dem mit einer Haube und vergoldeten Troddeln geschmückten Artgenossen einzureihen, der ihnen als Leittier diente.

In der Nacht zuvor hatte sich der Wind gelegt. Jetzt staute sich Schwüle in der Talsenke, was nichts Gutes verhieß. Während wir das Vorgebirge erklommen, befanden wir uns oft auf steilen Pfaden über dem Wasser, auf Gesimsen, die Peter nur auf allen vieren bewältigt oder indem er sich eng an die Felswand gepresst hatte. Ich war eigentlich schwindelfrei, ging sogar gern bis an den Rand, um in den Abgrund zu schauen: Hier und da führte der Weg über kleine Steinmauern oder Brücken aus Baumstämmen, und unsere Maultiere, den Blick stets nach unten gerichtet und das Maul am Schweif ihres Vorgängers, bildeten eine lange Schlange an der Felsflanke des Berges. Wir stiegen bis auf viertausend Meter hinauf, und noch immer hätte man in den See springen können, der nun schon gut dreihundert Meter unter uns lag. Von hier oben konnte ich den Phoksundo gut erkennen. Er war weniger das kostbare Juwel aus den Legenden, sondern eher ein von der Zivilisation noch nicht überwundenes Wasserhindernis. Im Süden lagen die Häuser, Ställe, Felder und Weiden von Ringmo, im Norden zwei Seearme, die auf unbewohnte Gletschertäler hinausgingen – durchzogen von sich windenden Flüssen und bedeckt mit Vegetation.

Wir stiegen über dem nordwestlichen Arm zu einem Wald aus verkrüppelten Birken mit inzwischen gelb gewordenem Laub ab. Nicola sagte, die sich schälende Birkenrinde, die in der Brise flatterte, erinnere ihn an die Gebetsfahnen, so als zeigten auch die Bäume Frömmigkeit. Unten an ihrem Stamm hatten sich Steinblöcke angesammelt, diesen gezeichnet und verletzt. Die Steine, die dunklen Narben und weißlichen Rinden verliehen dem Wald etwas Gespenstisches, das aus meiner Sicht auf den See zurückzuführen war – genauso wie der unheilschwangere Himmel am Vormittag.

Wieder entdeckten wir Reste von Lagerfeuern am Ufer, verkohlten Müll: von der Strömung mitgerissenes und vom Wasser glatt geschliffenes Holz, leere Bierdosen, Plastik,

Schuhsohlen. Ein Stück weiter oben waren an einer Felswand Unterstände wie für Ziegen errichtet worden, und auch dort schwärzte Ruß das Gestein.

»Wer hat denn hier sein Lager aufgeschlagen?«, fragte ich Sete.

»Tibeter«, erwiderte er.

»Tibeter aus Tibet oder Tibeter aus dem Dolpo?«

Er zuckte mit den Schultern. Für den stolzen Nepalesen war das einerlei.

»Und wohin gehen die?«

»Nach Shey, aus Glaubensgründen.«

»Es sind also Pilger?«

»Möglicherweise«, brach er das Gespräch ab. Das Wort Pilger sagte ihm nichts, und auch die fragliche Religion schien nicht die seine zu sein.

Ein leicht geneigtes Tal öffnete sich nun, nichts als Geröll und Ansammlungen von Birken und Weiden, flache kristallklare Bäche, die die Mündung des Flusses bildeten. Sie verzweigten sich wie Blutgefäße, und der See war das Organ, der durch sie versorgt wurde. Sei es wegen des perlmuttfarbenen Lichts oder wegen des drohenden Regens – die Landschaft kam mir eher nordisch als himalajisch vor. Das Wort Alaska lag mir auf den Lippen, gleich darauf fragte ich mich, wo das wohl herkam, schließlich war ich noch nie in Alaska gewesen. Ich sollte es später erfahren, es stammte von Peter: Meine und seine Gedanken begannen zu einem seltsamen Déjà-vu-Erlebnis zu verschmelzen. Während wir uns vom See entfernten, ragten links die nördlichen Ausläufer des Kanjiroba bedrohlich vor uns auf. Ein ganzer Hang war abgebrannt, sodass dort nur noch kümmerliche schwarze Stämme übrig waren. Gräuliche Gletscherzungen und zerbrechliche Séracs reihten sich in den Schotterrinnen fast bis zur Waldzone aneinander. In dem schmalen Wiesenstreifen zwischen Wald und Eis grasten in weiter Ferne fast regungslos wilde Yaks. Noch ein Stück weiter begegneten wir einigen am Wegesrand, und ich blieb stehen, um sie mir genauer anzusehen. Die Kühe, die ich kannte, blieben instinktiv bei der Herde. Ihre Vorfahren hingegen schienen die Einsamkeit zu lieben: massig, majestätisch, mit einem Buckel, der ihnen eine Art prähistorische Melancholie verlieh, sowie mit einem dunklen, dichten Fell gegen die beißende Kälte. Gelassen waren sie jedoch nur auf den ersten Blick. »Vorsicht!«, sagte Remigio, der merkte, dass eine der Yak-Kühe auf mich losging. Ich hatte sie wohl nervös gemacht. Er verscheuchte sie mit einer Geste, die ich schon bei zu aggressiven Rindern an ihm beobachtet hatte – solche, die man auf Hochweiden sich selbst überlässt und denen man im August begegnet. Sie funktionierte auch bei Yaks.

Wir vermissten es beide, frei umherstreifen zu können. Nachdem das Lager aufgebaut war, beschlossen wir deshalb, ein wenig die Gegend zu erkunden. Es regnete leicht, und die Nachmittagshitze führte dazu, dass sich Eisbrocken von den Séracs am Kanjiroba lösten. Eine halbe Stunde Fußmarsch von unseren Zelten entfernt, verengte sich das Tal und verlor seine Gletscherrinnenform. Mit dem Wasser, das zwischen leuchtend gelben Birken und rötlichen, zu den Gletschern aufragenden Felswänden dahinströmte, verwandelte es sich in eine der schönsten Schluchten überhaupt. Als ich eine Kuppe umrundete, um den Fluss zu betrachten, scheuchte ich irgendwas oder irgendwen auf. Ich nahm Fluchtrascheln wahr und aus dem Augenwinkel gerade noch rechtzeitig eine Bewegung. Ich trat einen Schritt beiseite, um zwischen den Büschen hindurchzuspähen, erkannte aber nichts als schwindende Schatten.

»Was war denn das, hast du das gesehen?«

»Zu spät.«

»Graues Hinterteil, weißer Schwanz?«

»Vermutlich ja. Die werden zum Trinken an den Fluss gekommen sein.«

»Folgen wir ihnen?«

»Ich nicht. Ich glaub, ich kehr wieder um.«

EINE NICHT GENOMMENE SCHLUCHT

Remigio war nervös, und seine Unruhe übertrug sich auf mich. Ich glaube, es war die Weite, die uns zu schaffen machte. Wir waren den ganzen Tag gegangen, ohne auch nur einem einzigen Menschen begegnet zu sein, und spürten, dass wir uns in eine Welt unbekannter Dimensionen vorwagten. Remigio bewegte etwas mit der Schuhsohle – Köttel wie die einer Ziege. Ich schaute an den Felswänden empor und fragte mich, wie viele Lebewesen sich wohl dort oben versteckten und uns beobachteten.

Shey Gompa, unser Ziel, ist seit Jahrhunderten das wichtigste Kloster des Dolpo, sein spirituelles Zentrum. Es erhebt sich am Fuß des Kristallbergs und ist ein Pilgerort, beziehungsweise Menschen von überall aus der Region pilgern dorthin, um den Berg rituell zu umrunden, normalerweise im Sommer. Der Kristallberg, dessen Gipfel man nicht besteigen darf, ist in mehrfacher Hinsicht der kleine Bruder seines berühmteren tibetischen Pendants. »Im Nordwesten«, schreibt Peter, »hinter dem Fluss Karnali erhebt sich der Kailash aus dem tibetischen Plateau, der heilige ›Berg Sumeru‹ oder ›Meru‹ der Hindus und Buddhisten, Wohnstätte Shivas und Mittelpunkt der Welt. Am Kailash entspringen die vier großen Flüsse Karnali, Indus, Satluj und Brahmaputra, die in Gestalt eines großen Mandala den indischen Meeren zuströmen.«

Bei dieser Vorstellung entsprechen die vier Flüsse den Speichen eines Rads, dessen Nabe der Berg ist. Umrundet man den Berg, indem man ihm die rechte Körperseite zuwendet, erkennt man ihn als Rotationsachse an, wird Teil des Rades, der sich drehenden Welt. Der Berg ist der Ursprung der Welt, aber auch die Quelle der Flüsse. Buddhismus hin oder her – diese Betrachtungsweise gefiel mir.

Sorgen bereitete mir dagegen der Kang La Pass, den wir in wenigen Tagen überwinden mussten. Er war das Tor zur Shey Gompa, und meine Karte verzeichnete ihn auf fünftausenddreihundertfünfzig Metern, Peters auf fünftausendvierhundertfünfundzwanzig Metern. Er hatte ihn verschneit vorgefunden, sich auf seiner Suche nach dem richtigen Weg verlaufen und im Eis biwakieren, den Proviant wegen einer Meuterei der Träger selbst schultern müssen – um den Pass dann am letzten Oktobertag zu überwinden. Wir waren zwei Wochen früher dran als er. Ich schaute hinauf zu einer Höhe, die ich auf ungefähr fünftausend Meter schätzte: Vor dem feuchten Gestein lichteten sich die Wolken nach dem Nieselregen vom Nachmittag, und eine dünne Schicht Neuschnee schmolz dahin.

Meine Güte, wie sehr mir das Feuer fehlte! In der Umgebung unseres Zeltlagers gab es jede Menge Birkenzweige. Aber um einer hemmungslosen Abholzung entgegenzuwirken, war es in der gesamten Region verboten, Feuer zu entzünden. Und im Gegensatz zu den Pilgern hielten wir uns an das Verbot. Ich zog meine Jacke enger und las ein weiteres Mal über den tibetischen Mythos des Beyül – ein geheimes Tal, dessen Zugang einem von hohen Pässen, Schneestürmen und wilden Tieren verwehrt wird. Davon soll es im Himalaja mehrere geben: die sie umgebenden Gipfel entziehen sie dem Blick, die Hänge sind unwegsam und von Lawinen gezeichnet, aber im Innern ist das Klima milder. Dort gedeihen Obstbäume, der Boden ist fruchtbar, und es fließen Bäche.

Genau wie in den verwunschenen Tälern der alpenländischen Legenden, nur dass Beyüls nichts mit Sehnsucht nach der Vergangenheit zu tun haben, sondern eher eine Hoffnung auf die Zukunft darstellen. Sie dienen dazu, den Weisen in Zeiten der Gewalt Zuflucht zu bieten. Deshalb bleibt ihr Geheimnis gewahrt – innerhalb der Klostermauern und durch das Schweigen der Lamas. Es ist ein Zufluchtsort, an den man sich bei Krieg oder Umweltkatastrophen rettet oder sich vor irgendeiner Waffe in Sicherheit bringt, die die Menschheit noch erfinden wird, um sich selbst auszulöschen. Auch diese Vorstellung konnte ich gut nachvollziehen – wie vermutlich jeder, der in die Berge geht.

Bei den Trägern herrschte Tumult, und ich klappte mein Buch zu, um zu gucken, was los war. Ein junger, schwer mit einem anderen Raubvogel zu verwechselnder Adler war irgendwie zwischen die Maultiere geraten. Die waren nervös geworden, und die Träger hatten sie eingekesselt. Aber wir sahen gleich, dass der Adler verletzt war. Hüpfend ergriff er die Flucht, versuchte nicht einmal, die Schwingen auszubreiten. Er versteckte sich im Geäst einer Hundsrose und starrte uns von dort aus an, wobei er ruckartig den Kopf drehte, die Augen weit aufgerissen.

Schon wurde die Aufregung über diese Begegnung von Mitleid abgelöst. So jung, dass er aus dem Nest gefallen sein konnte, sah er gar nicht aus, doch was war ihm dann zugestoßen? Wie lange konnte ein flugunfähiger Vogel in dieser Umgebung überleben? Schon bald überließen die Träger das Tier sich selbst und nahmen ihre Arbeit wieder auf. Ich blieb als Letzter zurück, um es in geduckter Haltung zu beobachten. Vielleicht lag es an Peter und seinem das Unsichtbare ergründenden Blick, aber damals nahm ich alles als Zeichen und fragte mich, was ein verletzter Adler wohl zu bedeuten hatte. Wenn er einer der schrecklichen Tempelwächter von Shey Gompa war, passte seine Agonie auf traurige Weise in unsere Zeit. Es mussten gar keine Heerscharen von Invasoren kommen, ein Fuchs hätte genügt, um ihm den Garaus zu machen.

Meine Anwesenheit missfiel ihm, oder aber er wollte in diesem Zustand nicht gesehen werden – es hat etwas Nobles, das Schafott zu besteigen, sich gegen jedes Mitleid zu verwehren. Mit seinem edlen Kopf, dem ungeschickten Gang auf dafür ungeeigneten Krallen, kehrte er mir den Rücken zu und entfernte sich Richtung Wald, hüpfte seinem Schicksal entgegen.

Ab einer Höhe von viertausend Metern würde es erst mal nicht mehr hinuntergehen. Ich gewöhnte mich langsam daran, merkte aber, dass mich alles viel mehr anstrengte als sonst. Sich bücken, das Zelt öffnen, hineinkriechen, den Rucksack hinterherziehen – schon das genügte, um mich zu erschöpfen. Danach brauchte ich erst mal eine Weile, um wieder zu Atem zu kommen. Fühlt man sich so, wenn man alt ist, gezwungen, mit jeder Geste zu haushalten, gefangen in einem Körper, den es bereits anstrengt, einfach nur zu existieren?

Nicola kam ins Zelt und streckte sich neben mir aus. Mit der Dunkelheit war auch die Kälte aufgezogen, und nach dem Abendessen hatten wir nur kurz mit den anderen geplaudert, eine letzte Tasse Tee getrunken und eine Runde Karten gespielt, um bereits vor acht im Schlafsack zu liegen.

»Unser Zuhause«, sagte er und musterte das Zeltdach.

»Das hier?«, fragte ich.

»Ja, ich habe es bereits ins Herz geschlossen.«

»Das Zelt?«

»Das ist kein Zelt, das ist unser kleines gelbes Haus.«

So also sah das ein Künstler mit Sauerstoffmangel! Ich griff zum *Schneeleoparden* und vertiefte mich in die Lektüre, überließ Nicola seiner Liebesgeschichte mit einem gelben Firstzelt.

Dort, wo sich der Weg verlor, verließ der Fluss die Gletschersenke des Tals und verlief halb versteckt zwischen den Felsvorsprüngen einer Klamm. Sete schickte Lakba vor, den Anführer der Maultiertreiber. Wie alle jungen Männer der Karawane dürfte er nicht älter als fünfundzwanzig gewesen sein. Er war im Dolpo geboren und lebte in einem Dorf in der Nähe. Während ich ihm folgte, beobachtete ich ihn: Er stieg gedankenverloren bergauf, in Turnschuhen und tief auf der Hüfte sitzenden Jeans, ohne die Anstrengung, die uns abverlangt wurde. Er schien nichts dagegen zu haben, einen Tag weitab der Maultiere zu verbringen, nahm seine neue Rolle als Guide aber auch nicht besonders ernst. Obwohl er mit den Gedanken ganz woanders war, waren seine Schritte schneller als unsere. Hin und wieder setzte er sich und musterte uns seltsam konzentrierte, dick eingemummte, voll beladene Gestalten, die dafür zahlten, sein Land mühsam zu Fuß zu durchqueren. Ich hätte gern mit ihm über viel einfachere Themen geredet, aber er verstand kein Wort Englisch, daher konnte ich ihn nicht fragen, ob er glücklich war (Nein, wie ich später von Sete erfahren sollte: Sein Vater war erst vor Kurzem gestorben), ob zu Hause eine Familie auf ihn wartete (Ja, er war bereits verheiratet und hatte zwei Kinder) und ob ihm seine Arbeit gefiel (zumindest sicherte sie seinen Lebensunterhalt, inzwischen gehörten die Maultiere ihm). Aber am liebsten hätte ich ihn gefragt, ob er die Berge liebte, ob die Berge, die so viel bei mir auslösten, das auch bei ihm taten. Als ich sah, wie er auf einem Stein in der Sonne saß und zum Horizont schaute, vermutete ich: Ja. Wir fanden uns nebeneinander wieder und machten gemeinsam Rast. Ich bot ihm eine halbe Tafel Schokolade an, die er strahlend entgegennahm. Ich reichte ihm meine Wasserflasche, und er trank daraus. Wie geht es dir, Lakba? Was denkst du? Wieder strahlte er mich an. Dann betrachteten wir die Berge, genossen diesen Moment ausgiebig.

Vielleicht war Lakba ja ein Schamane. Vielleicht lenkte es mich auch nur ab, ihn zu beobachten, auf jeden Fall ließ mich der unberechenbare Dämon in Frieden, sodass ich am Nachmittag einigermaßen fit die viertausendsiebenhundert Meter erreichte. Das war höher als jeder Gipfel, den ich bisher erklommen hatte. Dort oben öffnete sich die unwegsame Schlucht zu einer trockenen, steinigen Senke, in der sich Rinnsale zu einem Bach vereinten, an dessen Ufern wir stundenlang aufgestiegen waren. Ein steiler letzter Hang führte zum Kang La Pass irgendwo über unseren Köpfen, und wenn man ihm den Rücken zukehrte, wurde man von der Eiseskälte der riesigen Nordwand des Kanjiroba angehaucht: weiß leuchtende Grate, Séracs in der Farbe von Gewitterwolken, hohe Hängegletscher, der Himalaja (was nicht umsonst *Heimat des Schnees* bedeutet).

SONNENUNTERGANG ÜBER DER NORDWAND DES KANJIROBA AUF 4700 METERN HÖHE

Es ging mir gut, und während sich die anderen ausruhten, drehte ich eine Runde durch die Senke. Zwischen kleinen Rinnsalen gedieh stacheliges Gras, dort, wo sich Pfützen bildeten, wuchs Moos, und auf dem sandigen Boden blühte Edelweiß. Edelweiß auf viertausendsiebenhundert Metern Höhe – zweitausend Meter höher als in den Alpen! Bei uns war das auch die Zone der Gämsen und Steinböcke, und ich suchte instinktiv nach ihnen, lauschte auf ins Rutschen geratene Steine über mir. Ich schaute nach oben und sah dieselben Umrisse wie am Vortag, doch diesmal schlug ich sie nicht in die Flucht: Es waren ungefähr zwanzig weibliche Bharal. Ich hatte mich schon seit Längerem gefragt, wann wohl die Himalaja-Blauschafe auftauchen würden. Peter konnte sie während seines gesamten Aufenthalts in Shey Gompa beobachten. Sie waren ihm auf seiner Reise zu guten Geistern geworden, zu Gefährten seiner Einsamkeit. Sie hatten kurzes Fell, silbernes Deckhaar und eine Statur, die an die von Gämsen erinnerte. Ein einzelnes Männchen mit großen gebogenen Hörnern lag in der Mitte der Herde und starrte mich von Gleich zu Gleich an. Die Weibchen grasten unterhalb eines Wasserfalls, einige zusammen mit einem Jungtier, und zwar dermaßen gelassen, dass sie sich bei meinem Auftauchen nach einem kurzen Alarm gleich wieder hinlegten und mit dem Wiederkäuen fortfuhren. Auch ich ließ mich zwischen den Edelweißen nieder und teilte mir das letzte Sonnenlicht mit ihnen. Ich fühlte mich angenommen, akzeptiert – nicht nur von den Blauschafen, sondern auch von den Bergen an sich.

Ich sah eine Reisegruppe, die vom Kang La Pass aus abstieg – die ersten Menschen, denen wir seit dem See begegneten. Aber noch mehr als sie fiel mir der Hund auf, der ihnen folgte. Vielleicht weil mir mein eigener fehlte und es seltsam war, ohne ihn in den Bergen zu sein. Der hier war schwarz, etwas kleiner als Lucky und so wie die, die ich bereits in den Dörfern gesehen hatte – eine Mischung aus Bloodhound und Schäferhund, aber stets friedlich wie alle Bewohner des Himalaja.

Als ich ins Lager zurückkehrte, sah ich, dass der Hund ein Weibchen war und getrödelt hatte, um ein wenig bei uns zu bleiben. Das Fell war mistverkrustet, und es besaß die weißen Zähne eines Jungtiers, war somit höchstens zwei oder drei Jahre alt. Der Hündin gefiel es, von hier nach da zu rennen und an den Händen zu knabbern, die wir ihr hinhielten. Während des Abendessens trollte sie sich, und als ich ins Zelt kroch, glaubte ich schon, sie wäre fort. Doch dann, mitten in der Nacht, hörten wir es irgendwo im Lager kläffen. Auch Nicola hatte einen Hund zu Hause. Von seinem Schlafsack aus sagte er:

»Was hört sie nur, dass sie so bellt?«

»Die Blauschafe.«

»Hast du sie gesehen?«

»Eine ganze Herde.«

»Und, wie sind sie so?«

»Wie Gämsen. Heller, mit Schafbockhörnern. Sie fliehen nicht, vermutlich weil wir nicht mehr weit von Shey Gompa entfernt sind.«

»Und was gefällt ihnen so an Shey Gompa?«

»Dort ist die Jagd verboten.«

Aber er war mit seinen Gedanken nicht bei den Blauschafen. Ich spürte, wie er sich im Dunkeln schlaflos hin und her wälzte. Dann sagte er:

»Macchia fehlt mir. Wer weiß, wie es ihr geht.«

»Es geht ihr gut, und sie träumt von dir. Schlaf jetzt!«

»Sie hat nämlich Angst vor Menschen. Sie will bei niemandem bleiben – außer ich bin auch dabei.«

»Ich weiß.«

Lucky hingegen blieb bei jedem, und ich wusste nie so recht, ob ich ihm fehlte oder nicht. Die kleine Hündin bellte, als müsste sie das gesamte Lager allein verteidigen. Wir hörten ihr zu und dachten an unsere Hunde, während der Schlaf auf sich warten ließ.

Bei Sonnenaufgang war die Hündin immer noch bei uns. Statt ins Tal abzusteigen, folgte sie uns zum Pass. Deshalb vermutete ich, dass sie von zu Hause weggelaufen war und jetzt den Heimweg antrat. Vielleicht würden wir ja bald erfahren, wem sie gehörte. Und weil ein Hund ohne Namen wie ein Hund ist, der hinkt oder keinen Schwanz hat, beschlossen Nicola und ich, ihr einen zu geben – und sei es nur für einen Tag. Da wir sie am Fuß des großen Berges getroffen hatten, einigten wir uns sofort auf den Namen Kanjiroba. Ein herrlich eleganter Name für eine Tibeterin, wie wir fanden. »Kanjiroba! Kanji!«, riefen wir, um sie an den Klang zu gewöhnen. Sie trottete von einem zum anderen, egal, wie wir sie nannten, um kurz darauf davonzusausen und in der Ferne Blauschafe zu jagen, ihren Instinkt unter Beweis zu stellen.

Später an diesem Vormittag musste ich mir über andere Dinge den Kopf zerbrechen und verlor sie aus den Augen. Der Aufstieg zum Kang raubte mir jede Illusion einer Akklimatisierung. Ich war gut gestartet, fühlte mich fit und gut gelaunt, doch bei fünftausend Metern begann mich der Dämon erneut zu quälen. Am Hang verweigerten mir die Beine langsam den Dienst. Jede Bewegung kostete mich enorme Willenskraft, und ich musste alle vier, fünf Schritte rasten, um Atem zu schöpfen. Doch noch während ich in die Hocke ging und nach Luft rang, hatte ich das Gefühl, vergeblich nach Sauerstoff zu schnappen. Ich starrte auf meine verstaubten Stiefel, auf meinen gekrümmten Schatten und schaute wieder auf, meine Gefährten entfernten sich zunehmend.

Bis Lakba zu mir aufschloss. Als er mich sah, begriff er sofort, wie es um mich stand. »Mir nach!«, bedeutete er mir stumm. »Gut«, erwiderte ich. Ich folgte ihm Schritt für Schritt, heftete mich an seine Fersen und überließ mich seinem langsamen, aber regelmäßigen Rhythmus, der wie dafür gemacht war, mich nach oben zu ziehen. Wollte er sich für die Schokolade vom Vortag bei mir bedanken? Oder hatten wir, als wir gemeinsam da gesessen waren und die Berge betrachtet hatten, eine Art Freundschaft geschlossen? Am Fuß des Passes sah ich, wie er sich nach einem Stein bückte. Ich tat es ihm nach. Nach dieser Anstrengung entpuppte sich der gefürchtete Kang La Pass nur noch als harmloser Geröllsattel. Dort oben, zwischen sich verheddernden Gebetsfahnen, legte Lakba seinen Stein auf einen Haufen ähnlicher Steine. »*Ki ki, so so*«, murmelte er. Ich kannte dieses Mantra: *Ki* ist der Schrei des Adlers und daher des Windes, *So* die Tiefenatmung der Erde. Der Pass ist der Ort, an dem die Geister des Windes und der Erde aufeinandertreffen, und wenn wir dort oben ankommen, haben wir ein Geschenk dabei, damit sie sich beruhigen und uns durchlassen. Auch ich legte meinen Stein auf den Haufen, sagte aber nichts. Lakba war bereits zurückgegangen, um sich um die Maultiere zu kümmern.

Beim Abstieg schüttelte ich die Beine aus – froh, an Höhe zu verlieren, sodass das Blut wieder mehr Sauerstoff aufnehmen konnte. Es fehlte nicht viel, und ich wäre gerannt. Und plötzlich tauchte Shey Gompa vor mir auf, nach einigen Stunden wiedergefundener Leichtigkeit. Das Kloster lag in einer Senke aus noch saftig grünen Weiden, und das auf viertausendzweihundert Metern Höhe im Oktober, am Zusammenfluss zweier Bäche: der, den Peter den »schwarzen Fluss« nannte, reißend und mit viel Wasser, den ich gerade von Süden aus hinabgestiegen war, und der ruhige »weiße Fluss«, der sich im Osten mit ihm vereint. Unten in der Senke, diesseits einer kleinen Brücke, standen zwei Nomadenzelte, in ihrer unmittelbaren Umgebung liefen Yak-Kälber herum. Doch an großen steinernen Einfassungen und Spuren am Boden sah ich, wie belebt diese Weide im Sommer war. Jenseits der Brücke, auf einer nach Süden zeigenden Anhöhe, leuchteten die Klostergebäude in der Sonne. Die prominente Lage, das Rot der Mauern und die auf den Dächern flatternden Fahnen verliehen Shey Gompa das Aussehen einer Festung.

Als ich an einem der Zelte vorbeiging, fand ich Kanjiroba wieder, die mit einem ungefähr zehnjährigen Mädchen spielte, während ein drei- oder vierjähriger Junge ihnen stolpernd nachlief. Beide trugen eine violette Tunika und einen bunt gestreiften Gürtel, ihre Gesichter mit den schönen tibetischen Zügen waren voller Erde und Sommersprossen. Die Mutter, die vor dem Zelt saß, spann Yak-Wolle. Am schwarzen Fluss standen sechs kleine Gebetsmühlen, doch der Kanal, der sie speisen sollte, war versiegt. Im Herbst reichte das Wasser nicht aus, um die Räder im Innern der Mühlen zu bewegen, Zylinder, die mit dem Mantra »*Om mani padme hum*« beschriftet waren. Ich hätte sie gern im Frühling gesehen. Mir gefiel die Vorstellung, dass der Bach betete, dass in seiner unmittelbaren Umgebung Vieh weidete und Kinder spielten wie wenn nichts wäre.

Ich überquerte die Brücke und stieg zur Gompa auf, die aus einem eindrucksvollen tibetischen Stupa bestand, aus mehreren unbewohnt wirkenden Häusern, aus dem eigentlichen Kloster und aus einem großen quadratischen Gelände dahinter mit zig Metern Kantenlänge. Es war von hohen Steinmauern umgeben und erinnerte an unsere Friedhöfe.

In seiner direkten Umgebung gab es nichts, weder Mönche noch Pilger noch Nomaden. Ich verschob meine Erkundungstour auf später. Ich würde noch viel Zeit haben, mich umzuschauen, und dieser letzte Abstieg hatte meine Beine an die Mühen des Kang erinnert. Ich nahm den Rucksack ab, streckte mich auf der Wiese aus und schlief kurz darauf in der Sonne ein.

Wir hatten zwei Tage Aufenthalt in Shey Gompa, in denen ich mein Notizheft mit Zeichnungen und Anmerkungen füllte. Peter war zwanzig Tage geblieben, um die Blauschafe zu beobachten und der Spur des Schneeleoparden zu folgen, um die Einsiedler der näheren Umgebung zu besuchen und die Mönche zu befragen, denen er begegnete. Der Schneeleopard hatte sich ihm nie gezeigt, doch er hatte einen Sinn darin gefunden, auf ihn zu warten, so als wäre das Warten selbst eine Art Meditation. Er hatte einen kleinen Buddha aus Ton vor sein Zelt gestellt. Dort setzte er sich jeden Morgen bei Sonnenaufgang hin, »glücklich und traurig zugleich in dem dumpfen Gefühl, dass diese Berge meine Heimat sind«. Das Wort Heimat, die Sehnsucht nach einem nicht näher definierten Ort tauchen erstmals auf seinen Seiten auf. Auch über buddhistische Praktiken schrieb er in diesen Tagen: »Die Heimkehr ist das Ziel meiner Übungen.« Hin und wieder dachte er an seinen Sohn – ein Gedanke, der ihm in Erinnerung rief, dass es in einer weit entfernten Welt fast Weihnachten war. Es ging darum herauszufinden, wo diese Heimat lag, in die es zurückzukehren galt.

DER GROSSE STUPA VON SHEY GOMPA

Es hatte etwas Fantastisches, von Peters Tagebuch aufzuschauen und alles genau wie von ihm beschrieben vorzufinden. Für Shey Gompa waren vierzig Jahre wie in einem Wimpernschlag verflogen, ganz ohne Entdeckungen und Erfindungen, Kriege, Revolutionen, Jugendbewegungen, untergegangene Reiche und Ideologien, ganz ohne Musik und Literatur. Nichts von dem, was im Lauf meines Lebens geschehen war, hatte dort oben Spuren hinterlassen. Das merkwürdige Gelände hinter der Gompa war kein Friedhof, sondern die größte Ansammlung von Gebetssteinen, die Peter je gesehen hatte. Schon die Mauern an sich, von denen jede sechzig Schritte lang war, bestanden aus diesen Steinen. Ich kletterte daran hoch, um einen Blick dahinter zu werfen und sah, dass das Gelände damit bedeckt war. Die graublauen großen und flachen, von den Flüssen abgeschliffenen und im Lauf der Jahrhunderte von Pilgern hochgeschleppten Steine bildeten mehr als mannshohe Haufen. In viele war das Mantra »*Om mani padme hum*« eingeritzt, manchmal in eine Zeichnung integriert, die an eine Blumenkrone erinnerte. Das musste eine Lotusblüte sein – O du Juwel in der Lotusblüte.

Ich versuchte, die Steine zu zählen, als ich dieselbe Litanei von einem Mönch hörte. Statt mich zurechtzuweisen, lächelte er mich freundlich an. Ich sprang von der Mauer, um ihn zu begrüßen, doch er konnte nicht stehen bleiben und bedeutete mir, ihm zu folgen. Er absolvierte seine Umrundung, seine nachmittägliche Kora um die Gebetssteine. Durch seine linke Hand glitt eine Gebetskette, während er in der rechten eine Gebetsmühle kreisen ließ, einen Zylinder mit Griff, der an eine Rassel erinnerte. Während ich ihm folgte, lief ich zwischen den roten Gebäuden hindurch, die sich oberhalb des Klosters aneinanderlehnten – einige davon mit eingestürztem Dach –, ohne dass ich in den Fenstern und Höfen auch nur das geringste Lebenszeichen gesehen hätte. Zerfetzte Stoffe flatterten von jeder Mauer, und ein Wildtaubenschwarm malte große Kreise an den Himmel, respektierte den Uhrzeigersinn, den auch wir einhielten. Ich folgte dem Mönch bis zum Eingang der Gompa. Vor dem verschlossenen Tor befand sich ein

Lager aus Decken, neben das er die Gebetsmühle legte. Die Gebetskette behielt er allerdings in der Hand. Da er auf der Schwelle zum Kloster im Freien schlief, musste er eine Art Wärter sein. Er reagierte nicht auf die zwei, drei Worte, mit denen ich versuchte, ein Gespräch zu beginnen. Interessiert musterte er meine Silberohrringe, während mich seine faszinierten: Korallen und Türkise, die Edelsteine Tibets, auf ein Stück Eisendraht gezogen und durchs Ohrläppchen gebohrt. »Gefallen sie dir?«, fragte ich mit Händen und Füßen. »Wollen wir tauschen?« Er lächelte erneut, zeigte elfenbeinfarbene Zähne sowie die schönen Falten eines fröhlichen Menschen, der nur vom Alter und von der Sonne gezeichnet ist.

Als ich zum Zeltlager zurückkehrte, herrschte dort bereits reger Betrieb. Während meine Gefährten Tee tranken, wuschen sich die Träger gegenseitig die Haare. Sie schöpften Wasser aus dem Bach, erhitzten es auf dem Kerosinkocher und schütteten es sich gegenseitig über die eingeseiften Köpfe. Sie schienen weder unter der Kälte noch unter den Anstrengungen des Tages zu leiden, sondern sich auf einen mondänen Abend vorzubereiten. Dann rauchten sie, und ich sah, wie einer unter dem Gelächter seiner Gefährten einen Tanz andeutete. Die Zigarette zwischen den Lippen, wackelte er mit den Hüften zu einem Rhythmus, den nur er hören konnte. So lange, bis Sete sie zur Ordnung rief und zum Kartoffelschälen schickte.

Ich griff zu einer besonderen Trinkflasche, die ich im Rucksack hatte, und setzte mich vors Zelt, um die letzten Sonnenstrahlen zu genießen. Unten in der Senke war eine

Ladung Holz angekommen, viereckige Balken wie die, die ich in Ringmo gesehen hatte. Vielleicht kamen diese Yaks ja von dort. Wenn sie nach Westen zogen, wollten sie vermutlich zur Grenze. Einst wurde das Salz Tibets auf derselben Route transportiert, um in der indischen Ebene gegen Tee und Reis getauscht zu werden. Heute kamen Tee und Reis aus China, aber im Hochland war das nepalesische Holz nach wie vor kostbar. Jedes Yak war mit zwei Balken beladen, die die Karawanenführer abends abschnallten. Die Männer waren erschöpft, staubbedeckt und störrisch wie Menschen, die mit Tieren arbeiten. Kanjiroba bellte die Yaks an, die ihren Gehegen zustrebten, und das war das einzige Geräusch, das mich erreichte – verzögert wegen der Entfernung und durchs Echo vervielfältigt.

Woraus bestand die Harmonie, die ich in dieser Landschaft so deutlich wahrnahm? In den Proportionen der Berge zueinander? Oder in den beiden Flüssen, die sich vor meinen Augen zu einem einzigen Wasserlauf vereinten? Mir fiel auf, dass die Senke eine Art Sonnenuhr war: Der weiße Fluss markierte den Osten, der schwarze den Süden und ihr Zusammenfluss den Westen. Bei Sonnenauf- und -untergang stand die Sonne folglich im Tal, um dann in ihrem Lauf den Kristallberg einmal zu umrunden. Der Berg selbst unterschied sich kaum von den anderen: Er war ein Trapez aus rötlichem Gestein, das sich vom dunkler werdenden Himmel abhob.

»Warum ist der Kristallberg heilig?«, fragte ich Sete, der sich ausnahmsweise mal eine Pause gönnte.

»Weil man von seinem Gipfel aus den Kailash sehen kann.«

»Wie bitte?«

»So sagt man.«

»Aber ist es nicht verboten, ihn zu besteigen?«

»Ja, weil er heilig ist.«

Ich sah ihn an, und er erwiderte meinen Blick wie ein Lehrer den eines etwas begriffsstutzigen Schülers. Das musste eines der Rätsel sein, über das praktizierende Buddhisten meditieren, um das rationale Denken zu übersteigen und die Dinge intuitiv zu erfassen. Das Koan, das Sete mir aufgetragen hatte, lautete folgendermaßen: Wer hat den Berg Kailash vom unberührten Gipfel des Kristallbergs aus gesehen?

Ich beschloss, einen Schluck darauf zu trinken. Nicola setzte sich neben mich, und ich sagte: »Jetzt wäre es wirklich perfekt, wenn wir was trinken könnten.«

»Wem sagst du das.«

»Hier, probier mal.«

Ich reichte ihm die Spezialflasche, gefüllt mit gereiftem torfigem schottischem Whiskey, den ich wie meinen Augapfel gehütet hatte, um ihn in Shey zu öffnen. Nicola brauchte nur den Verschluss aufzuschrauben und daran zu schnuppern, um verzückt die Augen zu verdrehen. Er holte zwei Tassen aus dem Küchenzelt, die wir füllten. Meinem Nektar aus Schottland gab ich noch einen Wassertropfen aus dem Himalaja dazu. Schwer vorstellbar, dass ich im Leben ein noch köstlicheres Getränk verkosten werde.

Am nächsten Morgen waren die beiden Flüsse von einer dünnen Eisschicht bedeckt, und die Holzkarawane war weitergezogen. Eine Frau sammelte Yak-Mist und warf ihn gegen die Mauern des Geheges. Sobald er getrocknet war und sich gelöst hatte, würde er als Brennmaterial dienen. Ich wollte einen Einsiedler in der Nähe besuchen, und gemeinsam mit Nicola und Remigio marschierte ich gen Westen und stieg bergauf, während das Tal unwirtlicher und seine Hänge steiler wurden. Nachdem wir einen letzten Gebirgskamm überwunden hatten, tauchte Tsakang vor uns auf: vier steinerne Gebäude, die sich auf einem Felssporn über dem Fluss aufeinanderstapeln. Auch das letzte Stück Weg war in den Felsen geschlagen, und wir konnten kaum glauben, dass auf so einem Felsvorsprung wirklich Menschen lebten. Doch in den Augen der Tibeter zeichnete das die Einsiedelei erst recht aus: die Nähe zum Wind, das der Sonne Ausgesetztsein, das Rauschen des Wassers unterhalb und der Kristallberg, der im klaren Morgenlicht »am Himmel segelte«. Im Näherkommen sahen wir, dass auch dieser schmale Sims geduldig bearbeitet worden war, man hatte dem Felsen winzige Terrassenfelder abgerungen.

»Kartoffeln«, sagte Remigio, der sein Leben lang Bergkartoffeln gegessen hatte. »Bald ist Erntezeit.«

Ich versetzte die Gebetsmühle in Schwung, die in einer Wandnische quietschte. Direkt daneben entdeckte ich einen kleinen Holzschuppen mit Wacholderwurzeln sowie einem größeren Vorrat Yak-Mist. Das also waren die beiden Brennmaterialien für die Einsiedelei: Das Feuer wurde mit dem Holz entfacht und anschließend vom Mist genährt. Ich folgte einem schwarzen Schlauch, der sich die Felder entlangwand, und erforschte das Terrassensystem bis zu einer Öffnung in der Felswand, die nicht tief genug war, um als Grotte bezeichnet werden zu können, aber tief genug, dass man geduckt hineinpasste.

Darin war das Gestein feucht, und an ihrem Ende entdeckte ich weniger eine tatsächliche Quelle als ein von der Wand tropfendes Rinnsal. Daneben befanden sich eine Schöpfkelle, ein Eimer, ein Miniaturbuddha aus Ton und geopferte welke Blumen, die die Grotte in einen kleinen Tempel zu verwandeln schienen und das Wasser in ein Weihwasserbecken. Da fielen mir die Wacholderbeeren wieder ein, die ich am Ufer des Phoksundo gesammelt hatte. Ich dachte erst an den endlosen See und dann an den winzigen See vor mir. Ich hatte die Beeren nach wie vor in der Tasche und fischte sie heraus, legte sie neben das Rinnsal, unweit der welken Blumen. Dann tauchte ich zwei Finger ins Wasser und benetzte Lider und Lippen, die in den vergangenen Tagen zu viel Sonne abbekommen hatten. Letztere leckte ich nachts, sie fühlten sich komisch an, aber ohne einen Spiegel konnte ich nicht sehen, in welchem Zustand sie sich befanden. Meinen Augen dagegen ging es gut. Als ich sie befeuchtete, dachte ich: Mach, dass ich sehen kann und die Worte finde, um zu beschreiben, was ich gesehen habe.

»Da kommt jemand«, sagte Nicola. Ein Mann und eine Frau stiegen nach Tsakang auf, aber nicht auf dem Weg, den wir genommen hatten. Die ältere Frau trug ein zusammengeschnürtes Bündel Wacholderwurzeln auf dem Rücken. Der Mann war ein Mönch mit rundem Gesicht, roter Tunika und rasiertem Haar, der uns aufforderte, ihm in eines der Gebäude zu folgen. Wir nahmen die kleine Holztür und dann eine Treppe bis zum Absatz zwischen zwei Zimmern: eine einfache Küche mit einem Ofen in der Mitte und ein paar Regalen an den Wänden sowie ein Gebetszimmer voll bunter Stoffe, Kissen, Kerzen und heiliger Schriften, die sich in Regalen aus uraltem Holz stapelten. Eine Butterlampe erhellte ein Foto vom Dalai Lama, das aus irgendeiner Zeitung gerissen worden war. »Kommt, kommt!«, bedeutete uns der Mönch. »Setzt euch, setzt euch!«

Er zeigte uns, wie wir die Beine übereinanderschlagen und Daumen und Mittelfinger miteinander verbinden sollten, nahm zwischen einer großen hängenden Trommel und dem auf den Felsvorsprung hinausgehenden kleinen Fenster Platz und legte sich ein Schaffell um. Dann begann er zu beten. Ich habe mich noch nie unwohl gefühlt, wenn andere beten – im Gegenteil, es beruhigt mich. Remigio war draußen geblieben. Ich schaute Nicola an, der mir lächelnd zunickte. Ich schloss die Augen, um mich auf das Gemurmel des Mönches zu konzentrieren und nahm den Geruch von Räucherstäbchen, Leder, in der Lampe brennender Yak-Butter sowie den Duft der Berge wahr, der durchs Fenster hereinwehte. Verwelkte Kräuter, verdampfende Nachtfeuchtigkeit, von der Sonne erwärmtes Gestein, Morgenluft. Auch an einem so alten Ort wie diesem riechen die Berge immer wieder neu. »In einem anderen Leben«, hatte Peter geschrieben, »sind diese Berge mein Zuhause gewesen. Irgendwo in mir regt sich längst vergessenes Wissen und tritt hervor wie eine Quelle aus einer verborgenen Wasserader.«

Ein Trommelschlag ließ mich die Augen öffnen, ein Widerhall, der irgendeine Membran in mir zum Schwingen brachte. Es folgten weitere Schläge, der Mönch benutzte einen krummen Eisenschlägel, an dessen Ende ein Lederball befestigt war: *Bumm, bumm, bumm,* jeder Ton hallte in mir wider. Dann Stille. Neben dem Foto vom Dalai Lama stand eine Schachtel für Spenden, und wir ließen unsere Rupien bereitwillig dort.

In der Küche hatte die Frau den Ofen angezündet und setzte gerade Wasser für Tee auf. Sie bereitete ihn auf tibetische Art zu, mit Salz und Yak-Butter. In einer Schale hatte sie Tsampa gestampft – geröstetes Gerstenmehl mit Wasser. Das würde ihr Frühstück sein. Ich schaute zu, wie der Mönch mit den Fingern eine Teigkugel formte und sie wie einen Keks in den Tee tunkte. Mir fiel die Szene wieder ein, in der Peter in derselben Einsiedelei dem damaligen Lama die schwierigste Frage überhaupt gestellt hatte. Der Lama, von Arthritis verkrümmt, die ihn für immer dort oben festhielt, war in Gelächter ausgebrochen, hatte die Arme in die Luft geworfen und gerufen: »Natürlich bin ich hier glücklich! *Besonders,* da ich keine andere Wahl habe!«

Weder Peter noch ich waren in der Lage, so eine Antwort zu verstehen. Genauso wenig kannten wir die Antwort auf die Frage, wer den Kailash vom Kristallberg aus gesehen hat. Oder wie das Klatschen einer Hand klingt. Nachdem die Frau den Tee zubereitet hatte, ließ sie den Ofen ausgehen – doch weil das Feuer, das mir in diesen Tagen schmerzlich fehlte, so eine Faszination auf mich ausübte, bat ich sie mit Händen und Füßen um Erlaubnis, es mit einer ihrer kostbaren Wacholderwurzeln neu anfachen zu dürfen. Das ergab überhaupt keinen Sinn, trotzdem nickte sie. Ich legte die Wurzel in die Glut, und während sie Tee tranken, sah ich dem Holz beim Verbrennen zu.

Am Nachmittag wusch ich unten am Bach meine Wäsche und hängte sie in der Sonne auf. Ich bat Sete, mir die Haare auszuspülen, säuberte mich ansonsten mit lauwarmem Wasser aus einer Schüssel und schlüpfte in frische Kleidung. Auch meine Reisegefährten zogen sich um, spannten Seile zwischen den Zelten und hängten ihre Unterwäsche zum Trocknen auf. Erst als ich mich entfernte und dann umdrehte, um einen Blick aufs Zeltlager zu werfen, fiel mir das komische Sakrileg auf: An den Wäscheleinen flatterten unsere Unterhosen, an Dächern, Wänden und Holzstangen dagegen Gebetsfahnen. Aber der Buddhismus weiß Ironie zu schätzen, und hier in Shey würde sich niemand daran stören. Inspiriert von diesem Anblick kam mir der Gedanke, dass diese verblichenen, ausgefransten Stoffe im Reich des Windes die Aufgabe hatten, ihn zu ehren. Hätte er nichts zum Wehen gehabt, hätte man ihn nicht wahrnehmen können. Die Fahnen machten das Unsichtbare sichtbar. Sie, die Bart- und Gänsegeier, schwebten darauf, reglos mit ausgebreiteten Schwingen: Priester der Luft.

Ich lief zwischen den Gebetsmühlen umher, als das Mädchen vom Vortag mit Kanjiroba im Schlepptau zu mir kam. Sie wollte mir heimlich etwas zeigen, streckte die Hand aus und öffnete sie. Sie enthielt eine versteinerte Muschel, vermutlich aus der Zeit, in der sich der Himalaja noch auf dem Meeresgrund befunden hatte. Anschließend war Indien, damals noch eine riesige, dahintreibende Insel, gegen China geprallt, und dabei hatten sich Berge aufgefaltet, sodass die Muscheln in viertausend Metern Höhe gelandet waren. »Nein!«, bedeutete ich ihr und schüttelte den Kopf. Ich konnte weder dem Verkauf von Fossilien noch Kindern als Verkäufer etwas abgewinnen. Das Mädchen war sichtlich enttäuscht. Ich hatte noch irgendwo ein Stück Schokolade und bot es ihr an, um sie zu trösten. Sie drehte sich zum Zelt – vermutlich um zu gucken, ob derjenige, der sie geschickt hatte, sie beobachtete, schnappte es sich dann und rannte davon.

Ich setzte mich mit dem Rücken zu einer der Gebetsmühlen und betrachtete das Kloster. Weiter oben, an den grasbewachsenen Hängen des Samdo, weidete eine Bharal-Herde in der Sonne. Kein Schneeleopard weit und breit, aber der Nachmittagshimmel war klar, und auf dieser Höhe hatte das Licht etwas Absolutes – wie Licht im Reinheitszustand. Genauso wie die dünne Luft, die ich atmete, das kalte Wasser, durch das meine Hand strich, und der von der Sonne erwärmte Felsen, an den ich mich lehnte. Dieser Reinheit entsprach eine andere in mir, so mein Gedanke, den ich versuchte, in Worte zu fassen: Der Wind, der Bach, das Licht und der Stein bestanden aus derselben Substanz wie mein Blut, mein Gewebe, meine Organe und brachten sie zum Schwingen wie die Trommel des Mönches meine Membranen: *Bumm, bumm, bumm*. Daraus, daraus und daraus bin ich gemacht. Der Berg reduzierte mich aufs Wesentliche.

Peter hatte auf den anschaulichsten Seiten seines Tagebuchs dasselbe Gefühl versucht zu formulieren. Ich tat im Grunde nichts anderes, als noch einmal aufzuschreiben, was er schon zu seiner Zeit dargelegt hatte, und insofern schien mir das hervorragend zu Shey zu passen. Dort ging nichts vorwärts und nichts rückwärts, sondern drehte sich nur im Kreis, folgte dem Kreislauf der ewigen Wiederkehr oder des ewigen Wiederzupapierbringens – was keinesfalls eine überflüssige Bewegung ist. Für die Tibeter war das Drehen der

Räder, unser Umrunden von Mauern, Klöstern und Bergen ein *Aktivieren* der darin enthaltenen Gebete – so wie der Klöppel den Rand einer Schale liebkost, sie zum Klingen und Vibrieren bringt. Ich hatte in Kathmandu das A der tibetischen Klangschalen gehört, die in der Lage waren, das Wasser in Wallung zu bringen, mit dem sie gefüllt waren. Wenn das stimmte, ging ein einziger, mächtiger Klang von Shey aus, der sich im ganzen Universum fortsetzte: Es kreisten die Pilger um den Kristallberg, der Mönch lächelnd um sein Kloster, die von Bächen gespeisten Mühlen, die Schwärme von Wildtauben, die vielleicht auf einen in der Gompa versteckten Kornspeicher hinwiesen, und die Schriftsteller um den Sinn ihres dortigen Aufenthalts. Wer hat den Kailash vom unberührten Gipfel des Kristallbergs aus gesehen? Ich klappte das Heft zu. Im selben Moment, nur vierzig Jahre zuvor, klappte Peter seines zu, in das er geschrieben hatte: »Das Geheimnis der Berge besteht darin, dass sie einfach existieren, was ich auch tue, sie existieren einfach – und das tue ich nicht. Die Berge haben keine Bedeutung, sie sind Bedeutung, sie *sind*. Die Sonne ist rund. Ich klinge vor Leben, und die Berge klingen, und wenn ich es zu hören vermag, dann ist da ein Klang, der uns gemeinsam ist.«

Peter beschloss irgendwann, sich von seinem Freund, dem Zoologen, zu trennen und noch vor Weihnachten zu seinem Sohn zurückzukehren. Wenige Tage nach seiner Abreise sollte dieser endlich den Schneeleoparden sehen.

»Es ist schon komisch«, sagte Nicola, während wir unseren Rucksack packten, »aufzubrechen und zu wissen, dass man diesen Ort nie mehr wiedersehen wird.« Ich hatte ein noch viel komischeres Gefühl, nämlich das, dass ich wiederkommen würde. Aber aus Angst, er könnte zu sentimental klingen, behielt ich es lieber für mich.

Das Mädchen war bis zu unserem Lager mitgekommen und sah, dass wir aufbrachen. Enttäuscht schaute die Kleine zu, wie wir die Zelte zusammenrollten: Wie, wir haben uns gerade erst angefreundet, und ihr lasst mich jetzt schon im Stich? Kanjiroba, die die ganze Zeit ihre Nähe gesucht hatte, schien hin und her gerissen zu sein. Doch als wir gingen, fasste sie einen Entschluss und lief uns nach. »Nein, nein«, sagte ich, »bleib hier.« Doch wenn sich ein Hund einmal dazu entschieden hat, einem zu folgen, kann man ihn nicht mehr davon abbringen – außer man ist in der Lage, ihn wirklich schlecht zu behandeln. Und so kam es, dass sich zweiundzwanzig Menschen, fünfundzwanzig Maultiere und eine kleine Hündin wieder in Bewegung setzten. Sie war das achtundvierzigste Mitglied unserer Karawane.

Es war ein langer Abschied, denn als wir im lieblichen Tal des weißen Flusses gen Osten aufstiegen, hatten wir Shey Gompa noch stundenlang im Blick. Immer wieder drehte ich mich um, um es mir gut einzuprägen. Ich fürchtete mich vor dem Saldang-Pass, der nur wenig tiefer lag als der Kang La Pass. Doch beim Aufsteigen merkte ich, dass mir der zweitägige Aufenthalt gutgetan hatte. Am letzten Hang konnte ich sogar mein Herzklopfen genießen, die Sauerstoff pumpende Lunge, ohne an die Landschaft zu denken, die noch auf uns wartete. Es ging ganz schnell: die letzten Schritte bergan, die aufgetürmten Gebetssteine, die zerfetzten Gebetsfahnen …

und schon fiel der Blick auf die Hochgebirgswüste. Die Grenze zwischen Nepal und Tibet lag irgendwo da unten: zwischen sich aneinanderreihenden braunen, abgeflachten, sandigen Gipfeln, mit gelbem Gras bewachsenen Hängen, Buschflecken in einem fahlen Rot und Schneetupfern. Die bildeten Kuppeln auf den extrem hohen kargen Gipfeln oberhalb von sechstausend Metern. In den Tälern funkelten die gefrorenen Betten der Wildbäche, und Sandspuren wanden sich die Hänge bis zum Kamm empor: Tierfährten. Nach tagelangem Marschieren begriff ich, dass hier eine ganz neue Reise begann.

Ich stand auf dem Pass und bewunderte die Hochebene, als vom anderen Hang eine mit Waren beladene Yak-Herde heraufkam: mit polternden Hufen, Glockengebimmel, Schreien. Ein junger Mann verfolgte ein störrisches Kalb, beschimpfte es und warf Steine nach ihm, bemühte sich, es zur Herde zurückzutreiben. Das Ende der Schlange bildete ein alter Mann, der stehen blieb, um uns etwas zu fragen. Er zeigte auf seine Augen, die wegen einer Entzündung rot geschwollen waren. Bereitwillig ließ er sich von uns Tropfen geben. Dankbar für die Linderung und mit Tränen, die ihm über die staubigen Wangen liefen, zeigte er hinter mich und fragte: »Shey Gompa?«

»Saldang?«, konterte ich und zeigte hinter ihn.

Der Alte nickte. Er betastete meinen dichten Bart, den eines Bergbewohners aus dem Westen, während ich über den schütteren eines Bergbewohners aus dem Osten strich und dann den Kopf schüttelte wie um zu sagen, dass er als Älterer von uns beiden eigentlich den schöneren Bart haben müsste.

Tja, tut mir leid!, dachte ich. Ich war bereit, ihm Augentropfen, Rupien, Schokolade zu geben, alles, was er wollte – aber den Bart hätte ich niemals mit ihm getauscht.

»*Ki ki, so so*«, sagte der Alte, um dann dem Vieh in der Staubwolke zu folgen.

SALDANG
NAMGUNG
DHO TARAP

Kapitel 3

Unterwegs zum Grenztal

Der Ort, an dem wir an diesem Tag unser Lager aufschlugen, sah aus wie eine Geisterstadt. Er war an einer merkwürdigen Stelle erbaut worden, am Ausgang einer Schlucht, wo der Wildbach rauschte, der diese Klamm gegraben hatte. Bei Hochwasser raubte der Bach den Häusern das Land, reichte bis an ihre Mauern heran und ließ die Fundamente erodieren – vermutlich war das auch der Grund, warum sie verlassen worden waren.

Dennoch waren die Wiesen erst vor Kurzem gemäht worden, und an einem sonnigen Hang hatte man Dung zum Trocknen ausgelegt. Wo waren die Bewohner bloß alle hin? Ich folgte einem aufgegebenen Bewässerungskanal – ein Meisterwerk der Ingenieurskunst, das Steigungen und Senkungen auf Steinbögen überwand – und stieß am Eingang des Dorfes auf zwei Chörten, eine Mauer aus Manisteinen, verrostete Gebetsmühlen und auf eine verfallene Gompa. In Namgung schien auch die Religion vernachlässigt zu werden, als wäre sie einer von diesen alten Kulten, an die niemand mehr glaubt.

Der erste Bewohner, der sich zeigte, war eine junge Frau, die von den Viehweiden heruntereilte und eine kleine Brücke überquerte, um dann im Hof eines Hauses zu verschwinden. Kurz darauf kam ein alter Mann heraus, um zu gucken, wer da gekommen war, und während ich versuchte, mich mit ihm zu verständigen, sah ich hinter ihm im Halbdunkel, dass sich die junge Frau ein Kind auf den Rücken gebunden hatte. Sie trug es in einem Tuch, als bildeten sie beide eine Einheit. Der Alte beäugte mich misstrauisch: Erst nach langem Hin und Her und weil ich immer wieder auf die Gompa zeigte, griff er widerwillig zu einem großen Schlüssel, der neben der Tür hing. Er führte mich durch eine Gasse und schob an einer der Mauern eine Art Brombeerhecke beiseite. Gleich darauf verstand ich den Grund für sein Misstrauen: Die gesamte Gerstenernte wurde dort im Innenhof des Klosters gelagert, die blonden Getreidebündel waren in langen ordentlichen Reihen ausgelegt. Auch um diese Gompa kreiste ein Taubenschwarm, was bestimmt kein Zufall war.

Ich musste wieder an die herbstliche Désarpa, den Almabtrieb der Bergbewohner in meiner Heimat denken. Auch im Dolpo verließ die Bevölkerung die hoch gelegenen Dörfer bestimmt nach dem Einbringen der Ernte, um den Winter in gemäßigteren Zonen zu verbringen. Wir waren auf viertausendvierhundert Metern Höhe, und der Oktober war bereits weit fortgeschritten, schon bald würde es schneien. Im Innern des Klosters befanden sich abblätternde Fresken und monströse Masken, doch mittlerweile diente es hauptsächlich als

Kornspeicher. Der einzige Schutz für das kostbare Getreide waren die Wildtauben, die Brombeerhecke, die angestaubte Heiligkeit dieses Gebäudes und ein alter Wächter. Doch konnte es eine bessere Verwendung für einen verlassenen Tempel geben?

Kanjiroba war schnell zutraulich geworden. Inzwischen hielt sie sich nicht nur in unserer Nähe auf, sondern kam auch morgens ins Zelt. Um sechs riefen die Träger, »Kaffee!«, und wir Sahibs genossen den Luxus, ihn direkt an den Schlafsack gebracht zu bekommen. So wurden Nicola und ich aus unserem unruhigen Schlaf geweckt: von Mokka und dem freudigen Überschwang eines streunenden Hundes.

»Ich habe dir schon Zucker reingetan«, sagte ich, während sie an ihm hochsprang.

»Warum kommt sie eigentlich immer zu uns?«, beschwerte er sich verschlafen.

»Tja, wer weiß, warum.«

So mancher Karawanenteilnehmer begann schon zu glauben, Kanjiroba wäre die Wiedergeburt eines sündigen Mönchs, der in diesem neuen Leben dazu gezwungen war, durchs Hochland zu streifen. Doch für mich war ein Tier keine dem Menschen untergeordnete Lebensform – im Gegenteil! Wer außer einem Gänsegeier, einem Blauschaf, einem Schneeleoparden oder einem Hund kann schon frei durch die Berge streifen?

Mir kam da so ein Verdacht, und nachdem Nicola das Zelt verlassen hatte, sah ich der Hündin in die Augen: Du bist's, nicht wahr? Hast du nicht geschrieben: »Einen Blick auf das eigene Wahre-Wesen zu erhaschen, ist eine Art Heimkehr«? Zeitlich passte es auch: Peter war 2014 gestorben und Kanji ungefähr drei. Für die Tibeter vergehen höchstens fünfzig Tage zwischen diesem Leben und dem nächsten. So lange streifen wir durch das *bardo* genannte Totenreich, und danach geht es weiter, dann wird noch eine Runde auf dem Karussell gedreht. War es so, Peter? Die Hündin sagte nichts darauf. Ich kraulte sie am Kopf, und sie leckte mir die Hand mit der ansteckenden Begeisterung eines Hundes beim Aufwachen. Morgen für Morgen begrüßen sie uns, als hätten sie uns schon eine Ewigkeit nicht mehr gesehen. »Na!«, sagte ich. »Da hast du dir aber was Schönes für deine *Heimkehr* ausgedacht.« Dann schlüpfte ich aus dem zerknitterten, von nächtlichem Kondenswasser feuchten Schlafsack und breitete ihn draußen in der ersten Morgensonne aus.

Als wir nach Saldang hinabstiegen, das auf dreitausendneunhundert Metern liegt, begann ich, den Überblick über die bereits mit Wandern verbrachten Tage zu verlieren. Das war der Ort unserer Reise, an dem wir der chinesischen Grenze am nächsten kommen würden. Von dort aus war Tibet gerade mal zwanzig Kilometer entfernt – jenseits der Pässe, die das Tal umschlossen. Ich rechnete mit einem weiteren einsamen Dorf, stattdessen fanden wir im Flusstal des Nagaon Khola ein richtiges Städtchen vor, das sich in verschiedene Ortsteile gliederte. Diese waren von Feldern und Weidevieh umgeben. In den Höfen waren die Frauen schwer beschäftigt: Die Dreschflegel sausten rhythmisch auf die Gerste hinab, und Siebe aus Weidengeflecht warfen die Kleie in den Wind.

Doch nach den in den Bergen verbrachten Tagen fielen mir noch ganz andere Dinge auf. Das kannte ich bereits aus den Alpen: Die Reinheit, zu der wir Zugang erlangen oder vermeintlich Zugang erlangen, wenn wir von den Elementen umtoste Höhen erreichen, ist schnell besudelt, sobald wir wieder unter Menschen sind, und dann trübt sich auch die Klarheit im Denken ein. In Saldang irritierten mich die Satellitenschüsseln und Solarpaneele, der überall herumliegende Plastikmüll, die Flagge mit dem Wappen Nepals auf einem der Dächer. Seit Kathmandu hatte ich die Rhododendronblüte nicht mehr wehen sehen. Dann tauchte ein Soldat auf, und ich begriff: Das war die Kaserne einer Grenzstadt, wie man sie an jedem Grenzort dieser Welt findet.

Mir verging die Lust, Straßen und Gassen zu erkunden. Sete mietete einen Hof, in dem wir unser Lager aufschlugen, und bat die Hausbesitzerin, uns Tee zu machen. In die Eingangstür war die spiegelverkehrte Swastika des Bön-Glaubens eingeschnitzt, ein Schamanismus vor dem Buddhismus, der in bestimmten Dörfern des Dolpo jahrhundertelang im Verborgenen überlebt hat. Im Haus entdeckte ich einen Spiegel, den ich sorgfältig mied. Der Ofen befand sich in der Raummitte, auf nacktem, gestampftem Boden, und die Frau bat uns, auf Decken und Kissen davor Platz zu nehmen. Es war das erste Mal, dass wir ein Privathaus betraten, und während wir auf den Tee warteten, sah ich mich um und versuchte, mir das Leben seiner Bewohner vorzustellen.

Die mir gegenüberliegende Wand wurde von einem Holzregal aus rußgeschwärztem und vom Gebrauch glatt geschliffenen Kiefern- oder Zedernholz eingenommen. Zwischen

Geschirr, Reis- und Teesäcken sowie Hochzeitsfotos blitzten die grellen Farben von Tüten mit gefriergetrockneten Nudeln und Getränkedosen hervor: gefälschtes Coca-Cola, gefälschtes Red Bull – alles Marken, die ich unterwegs im Müll gesehen hatte. Fotos vom Dalai Lama befanden sich zwischen Familienbildern, als wäre er ein Onkel, ein Familienmitglied. Erst als ich mich umdrehte, sah ich das Poster, das hinter mir am grauen Putz der Hütte aus Holz und Stein befestigt war, ein Plakat, das fast die gesamte Wand einnahm.

Es war eine Zukunftsvision von Lhasa, bei der die tibetische Hauptstadt zwischen Wolkenkratzern, Autobahnen, Parkplätzen und Einkaufszentren kaum noch wiederzuerkennen war. Sie erinnerte an ein Los Angeles in den Bergen. Derjenige, der sich das ausgedacht hatte, hatte immerhin so viel Anstand besessen, den Potala-Palast, den alten Königspalast, wegzulassen – zumindest wurde er von Türmen und Autobahnauffahrten verdeckt. Von dort aus war der Dalai Lama 1959 geflohen, während das chinesische Heer auf die Revolte des Volks reagiert hatte. Seitdem herrschte er vom Exil aus. Es war mir unmöglich, die Frau zu fragen, ob sie den Unterschied zwischen den beiden Tibets begriff, und welches ihr besser gefiel. Was das Propagandaplakat, aber auch die *Noodles* und Coca-Cola-Dosen betraf, war es nicht weiter schwierig, ihre Herkunft zu erraten. Nepal war weit weg, seine Straßen mindestens einen Wochenmarsch entfernt, während das riesige China gleich hinter einer Gebirgskette lag.

Es stand mir nicht zu, mich nach fremder Armut zu sehnen. Trotzdem war ich verstört, als ich wieder ins Freie trat. Im Hof befand sich ein betrunkener Alter, der auf seine ganz eigene Weise betete: Er drehte die Gebetsmühle, sagte das Mantra auf, füllte eine Tasse mit Schnaps, kippte ihn sich hinter die Binde und betete weiter. Ich betrachtete das breite Flussbett, die vom Wasser erodierten Hänge und die verfallenen Chörten, die die Ansiedlungen und Felder schützen sollten. In genau diesem Dorf hatte Peter vierzig Jahre zuvor eine Zivilisation untergehen sehen. Aber er hatte als Prophet versagt, als er über Saldang schrieb: »Eines Tages werden die Menschen daran verzweifeln, den hohen, kalten Ebenen ihr Existenzminimum abzuringen, und auch die letzten Reste einer alten tibetischen Kultur werden im Staub versinken.« Er hatte sich getäuscht: Nicht Entbehrungen sollten sie auslöschen – mit denen nehmen es Bergbewohner seit jeher auf. Ich verbesserte ihn wie folgt: »Eines Tages werden die Menschen eine Straße nach China bauen, auf der Laster voller Waren und Flüchtlinge fahren werden. Jede Menge Baracken werden im Tal emporragen, das Flussbett wird sich in eine Müllkippe verwandeln, und auch die letzten Reste einer alten tibetischen Kultur werden in Müll und Handys versinken.«

»Om mani padme hum«, nuschelte der Alte. O du Juwel in der Lotusblüte. Gern hätte ich ihn um einen Schluck von seinem Schnaps gebeten.

Es dürfte gegen drei Uhr nachts gewesen sein, als ich Kanji jaulen hörte wie einen gequälten Hund und aus meinem Halbschlaf hochschreckte.

»Ich geh schon«, sagte ich, ehe Nicola überhaupt begriff, was los war.

Ich befreite mich aus meinem Schlafsack, packte einen

Stiefel, um mich damit zu verteidigen, und verließ das Zelt, wobei mir meine Stirnlampe Licht schenkte. Beim Anblick der Szene, die sich mir kurz darauf darbot, lösten sich meine kriegerischen Absichten in Luft auf. Sicherlich auch wegen meiner Wut auf Saldang hatte ich diese Laute falsch interpretiert und kam mir jetzt vor wie ein Vater, der mitten in der Nacht aufbricht, um seine Tochter zu suchen, nur um sie mit jemandem im Hauseingang in flagranti zu ertappen.

»Was ist denn?«, fragte Nicola, als ich zurück ins Zelt kam.

»Kanji hat einen Lover gefunden«, erwiderte ich.

»Soso! Und du hast ihn verscheucht?«

»Das kann sie selbst, wenn sie möchte.«

Diesmal würde sie uns verlassen und in Saldang eine Familie gründen, davon waren wir beide fest überzeugt. Tschüss, leuchtende Seele von Peter! Doch wir waren auch am nächsten Tag neunundvierzig, kurz darauf sogar fünfzig. Wir stiegen am Fluss entlang bergauf, und in jedem Dorf lief Kanji ein anderer Hund hinterher, der uns ein, zwei Stunden folgte. Dann kehrten ihre Verehrer schweren Herzens nach Hause zurück, während sie weitermarschierte. Sie schien genau zu wissen, wohin sie wollte.

Wir wanderten inzwischen nach Südosten, erneut in Richtung Himalaja. Wir kamen an Dörfern und Feldern vorbei, grüßten die Frauen mit »*Tashi delek*« und teilten uns den Weg mit Kindern, die zur Schule gingen. Sie trugen schmutzige Ranzen, staubbedeckte blaue Uniformen, hatten Flaschen mit Tee und Milch zum Frühstück dabei und probierten ihr aus Lehrbüchern stammendes Englisch an uns aus. In Namdo betraten alle einen großen Innenhof, in dem lauter Bänke aufgestellt waren. An einer Mauer hingen zwei Tafeln. Vor dem Unterricht bildeten sie nach Jungen und Mädchen getrennte Gruppen und sangen eine Hymne, vermutlich die Nationalhymne – vor Lehrern, die so streng wirkten wie Armeeoffiziere. Beim Befehl »Rührt euch!« wurden die Fußsoldaten wieder zu Kindern. Die Großen eilten zu den Bänken, während die Kleinen spielten. Einer der Lehrer warf Steine nach einem Yak-Kalb, das sich neugierig in den Innenhof vorgewagt hatte. Unweit der Mauern dieser Schule unter freiem Himmel floss der glitzernde Fluss vorbei, und über den Köpfen der Kinder brannte die Sonne auf sandige Berge. Es schien sich um ein Tal zu handeln, in dem es niemals regnete und niemals regnen würde: Schon seit Tagen hatten wir keine Wolke mehr gesehen, aber auch keinen Baum und keine Blume mehr.

In einem Laden kaufte ich ein Stück Stoff mit blaugelbrotweißvioletten Querstreifen, das ich an meinem Rucksack befestigte. Vermutlich um meine Abneigung gegenüber Grenzen kundzutun. Einer meiner früheren Lehrer hat mal gesagt, dass sie in den Bergen besonders schrecklich sind, weil man dies- und jenseits davon das gleiche Getreide anbaut, die gleichen Tiere weidet, schon seit eh und je die gleichen Bräuche hat. Wenn es eine Grenze gibt, dann die zwischen Berg und Stadt, aber nicht zwischen Berg und Berg. Mit diesem Stück Stoff ausgestattet sah ich, dass die Bäuerinnen einander auf mich aufmerksam machten und mich amüsiert grüßten.

»Buddhist?«, fragte mich eine der Gerstendrescherinnen.

»Nein, Pazifist«, erwiderte ich, ohne zu wissen, ob sie mich verstand. Sie lächelte trotzdem. Abends befestigte ich das

Stück Stoff an einem Stock, den ich neben unserem Lager in den Boden rammte, und von da an war es unsere Fahne.

In dieser Nacht las ich den *Schneeleoparden* zum zweiten Mal aus. Ich war in diesem Buch dermaßen zu Hause, dass es mir sofort fehlte. Nicola schlief und ich hatte niemanden, mit dem ich dieses Gefühl, diese Traurigkeit teilen konnte, die nur Leser kennen: die wehmütige Sehnsucht nach der Welt eines ausgelesenen Buches. Wir teilten uns die Nacht wie den Platz im Zelt: Nicola schlief auf Anhieb ein und begann sich dann zwischen eins und zwei im Schlafsack hin und her zu wälzen, während ich bis Mitternacht kein Auge zutat, um aber mit etwas Glück bis zum Morgengrauen durchzuschlafen. Ich lauschte auf die Geräusche von draußen. Da waren der rauschende Bach und meine im Wind raschelnde Friedensfahne, außerdem noch ein Geräusch, das ich erst nach einer gewissen Zeit identifizieren konnte: die typische Geschäftigkeit eines Hundes, der sich an einem sehr großen Knochen abarbeitet. Er nimmt ihn zwischen die Pfoten, attackiert ihn mit den Zähnen und kann die Knorpel und winzigen Sehnen stundenlang zerkauen. Wer weiß, was Kanjiroba da gefunden hatte?

Wieder schlug ich den *Schneeleoparden* auf der ersten Seite auf und zwar beim Rilke-Zitat: »Das ist im Grunde der einzige Mut, den man von uns verlangt: mutig zu sein zu dem Seltsamsten, Wunderlichsten und Unaufklärbarsten, das uns begegnen kann.«

Um dann wie jemand, der an die Tür eines alten Freundes klopft, umzublättern und noch mal von vorn anzufangen.

Es war der Kopf eines Bharals, den Kanjiroba gefunden hatte. Am Morgen versuchte sie immer noch, etwas aus den Augenhöhlen zu reißen, Hautfetzen, die nach wie vor am Schädel klebten. Inzwischen waren wir weit von jedem Dorf entfernt, in der Schlucht unweit des Flusses. Nach dem Zustand des Kopfes zu urteilen, hatte das Blauschaf noch bis vor wenigen Tagen hier geweidet. Inzwischen war es nichts als Futter und hatte in Kanjiroba eine Gier geweckt, die mich abstieß.

Nachdem wir den Lauf des Nagaon verlassen hatten, begegneten wir niemandem mehr. Die Vegetation aus dornigen Sträuchern erschwerte es, vom Weg abzuweichen. Deshalb hatten wir jede Menge Spuren unter den Füßen. »Schau nur, schau!«, sagte Remigio, als wir erneut auf über viertausend Metern waren. Als Sohn eines Jägers las er in den Bergen stets die Tierspuren für mich. Mit dem Stock zeigte er auf eine Fährte: ein großer Ballen, umgeben von vier runden, voneinander getrennten Zehenballen. Der ganze Tatzenabdruck war bestimmt halb so groß wie eine Menschenhand. Ich legte meine daneben, um es zu überprüfen. Das war kein Wolf, kein Hund und auch kein Fuchs gewesen, erst recht kein Blauschaf und keine Tibetantilope. Auf dieser Höhe musste es eine Großkatze gewesen sein, von der, wie wir wussten, in dieser Höhe nur eine existierte.

Laut Peter ist das Tier nicht nur selten, »sondern auch in höchstem Maße wachsam und mit einer fast magischen Fähigkeit begabt, sich unsichtbar zu machen. Es ist seiner Umgebung so gut angepasst, dass man wenige Meter vor ihm stehen könnte, ohne es zu erkennen. Der Schneeleopard ist die geheimnisvollste der großen Wildkatzen, und über sein soziales Verhalten ist nichts bekannt. Fast immer trifft man Einzeltiere. Man weiß auch nicht, ob bei einem gerissenen Beutetier mehrere Schneeleoparden zusammenkommen, wie die Tiger, oder ob es sich bei ihnen, ganz nach Art der Leoparden, um ungesellige Einzelgänger handelt.«

Derjenige, der vor uns hier vorbeigekommen war, war ein Einzelgänger: Die Spuren ließen einen trägen, regelmäßigen Laufrhythmus erkennen. Sie führten zum Bach hinunter und machten dann kehrt. Da der Boden um acht Uhr morgens noch gefroren war, mussten sie vom Vorabend stammen. Da fiel mir der Kopf des Blauschafs wieder ein, und mir kam eine Frage, die ich mir noch gar nicht gestellt hatte: Wer hatte es getötet? Ich blickte zu den kahlen Hängen hinauf, zu dem Labyrinth aus Schluchten, die sich über meinem Kopf verzweigten – in der festen Überzeugung, dass uns der Schneeleopard beobachtete.

Als ich an diesem Tag darüber nachdachte, kam es mir so vor, als ob sein scheues Wesen, seine Gabe, da zu sein, aber sich trotzdem nicht zu zeigen, nicht nur typisch für ihn, sondern fürs ganze Dolpo wäre. Ständig begegneten wir Spuren, die davon erzählten, dass vor Kurzem etwas vorgefallen war, zum Beispiel die Mehlspuren, die uns ein Stück des Weges begleiteten und mich an einen löchrigen Sack auf der Kuppe eines Maultiers denken ließen. Oder das tiefe Loch in der rötlichen Erde, das ein Netz unterirdischer Tunnel ans Tageslicht brachte.

»Hier holen sie Murmeltiere raus«, sagte Remigio.

»Wie, *sie holen sie raus*?«

»Sie jagen sie, wenn sie Winterschlaf halten. Die kuscheln sich im Winter in ihrem Bau zusammen, um sich warm zu halten, in einem so genannten Schlafkessel – hier, siehst du? Wenn man sie findet, kann man sie alle mit dem Pickel umbringen.«

»Und wozu?«

»Um sie zu essen natürlich.«

»Hast du das auch gemacht?«

»Ich habe davon gehört.«

Die Leoparden, die Menschen, die Zeiten entzogen sich. Auf viertausendfünfhundert Metern Höhe erreichten wir eine Senke, der man ansah, dass sie im Sommer als Weide genutzt wurde. Jetzt im Oktober standen hier nur noch die Außenmauern zweier quadratischer Zelte mit vier Metern Kantenlänge. Es war, als schaute man in ein Haus, dessen Dach abgehoben worden war, mit einer Feuerstelle in der Mitte, gestampfter Erde darum herum und Steinnischen auf einer Seite, welche Vorräte beherbergt hatten. Unweit der Zelte lag das Yak-Gehege. Als ich über die Wiese lief, entdeckte ich ein hart gewordenes, struppiges Ziegenfell, einen Tragegurt, eine Tütensuppe und Hammer und Meißel, Letzteres auf einen Stein gemalt. Noch so eine flüchtige Spur. Dieses kleine Symbol aus gelbem Lack kam mir noch älter vor als die Gehege und Feuerstellen – vielleicht weil sie zeitlos waren, ganz im Gegensatz zu dem Symbol. Es stammte aus der Zeit der maoistischen Guerillabewegung, die in den Neunzigerjahren in den nepalesischen Tälern aktiv gewesen war. Eine winzige Reliquie aus dem zwanzigsten Jahrhundert, ein unbedeutender Traum von Revolution am Rande der Welt.

»Hast du das auch gemacht?«, wird man uns eines Tages fragen.

»Ich habe davon gehört«, werden wir erwidern.

Wir kehrten ins einundzwanzigste Jahrhundert zurück und stiegen ins nächste Dorf ab, wo uns auf der Bergflanke ein riesiger Schriftzug aus weißen Steinen empfing: »WELCOME« stand da, neben einem in lebhaften Farben neu gestrichenen Chörten. Der Willkommensgruß galt vermutlich uns und allen Touristen, die noch kommen würden. So hoffte man zumindest, denn im Moment fehlte von ihnen jede Spur. Als wir das Dorf erreichten, kamen wir an einem Himalaya Hotel und einem Dhaulagiri Hotel vorbei, beide menschenleer. Es waren schlichte, eingeschossige Bauten mit einem staubigen, ummauerten Innenhof, die sich nicht von anderen Häusern unterschieden. Auf dem Flachdach trocknete Holz für den Winter. Die ungeteerte Straße führte vom Fluss zu dieser einen Häuserzeile, und während wir sie entlangliefen, überholte uns ein Reiter: Es war Lakba, mein stummer Führer. Er gab seinem Maultier die Sporen und verschwand hastig in einer Staubwolke.

»Wo will er hin?«, fragte ich Sete.

»Er sagt seinem Onkel, dass wir kommen.«

»Das ist also Lakbas Heimatdorf?«

»Ja, genau.«

»Und wie heißt es?«

»Es heißt Dho und liegt am Tarap.«

Ich musste wieder an den Tag unseres Aufbruchs zurückdenken. Lakba und seine Maultiere hatten an dem kleinen Flughafen auf uns gewartet. Das winzige Flugzeug, Juphal und die Marihuanafelder kamen mir ewig weit weg vor. Selbst wenn sie eine Abkürzung genommen hatten, mussten sie von Dho aus Tage gebraucht haben, um uns abzuholen,

Bald darauf näherte sich ein Motorrad. Die Chromteile waren auf Hochglanz poliert, und aus zwei Lautsprechern kam indische Popmusik. Mit seiner Lederjacke, seiner Sonnenbrille und seinem gegelten Haar ähnelte der Fahrer seiner Maschine. Er fuhr langsam an uns vorbei und musterte uns. Wenn er sich uns hatte einprägen wollen, dürfte ihm das gelungen sein. Als er davonbrauste, fragte ich Sete, wie so ein Motorrad bloß nach Dho gelangt sei. Er meinte, es komme aus China und werde zerlegt auf Maultieren transportiert.

»Und wohin fahren die Leute dann damit?«, fragte ich.

»Nirgendwohin. Dort, wo das Dorf aufhört, hört auch die Straße auf.«

Wir sahen noch andere Motorräder, die vor einem großen Zelt parkten. Das stand neben einer verfallenen Gompa und musste sie ersetzt haben, da darin ungefähr zwanzig Mönche ein Ritual ausführten. Sie saßen mit einem Gebetbuch vor sich und einer Tasse Tee neben sich auf dem Boden und rezitierten Theragatha, denen einer von ihnen mit Becken und Trommeln Rhythmus verlieh. Sie waren fast ausnahmslos jung, gerade erst erwachsen geworden. Andere, ältere und elegant gekleidete Männer – die Motorradbesitzer vermutlich – assistierten bei der Zeremonie, ohne uns Vorbeikömmlinge zu beachten.

An diesem Abend konnte ich vom Haus von Lakbas Onkel aus Raben beobachten, die über einem Berg kreisten. Wie wir feststellten, waren wir mitten in eine Beerdigung geraten, und hier im Dolpo waren noch Himmelsbestattungen üblich. Auf dieser Höhe gab es schlichtweg zu wenig Holz für

Einäscherungen. Deshalb wurden die zerstückelten Leichen auf einer Hochebene abgelegt, wo die Raubvögel den Rest erledigten. Für die Buddhisten besteht der Körper aus Elementen, die man sich vom Universum nur geliehen hat, und wenn ihn das Leben irgendwann verlässt, verwandelt sich die Materie, in der wir gelebt haben, wieder in Luft, Wasser und Erde, kehrt mithilfe der Vögel erneut in den ewigen Kreislauf der Natur zurück. Ich hatte mich in Shey nicht geirrt: Sie waren die eigentlichen Hohepriester.

Ich sah eine junge Frau, die ein Gehege öffnete und ihre Schafe zum Weiden ans andere Flussufer führte. Auf einem schmalen Holzsteg rempelten sich die Schafe gegenseitig an, sodass die Lämmer im Wasser landeten und mühsam ans gegenüberliegende Ufer wateten.

Um die Rückkehr seines Neffen zu feiern, stand im Innenhof einer Hütte ein Topf, in dem *rakshi* brodelte. Von uns war nur einer so mutig, um eine Tasse von dem Schnaps zu bitten: ich.

»Wonach schmeckt es?«, fragte Nicola.

»Nach heißem Benzin«, erwiderte ich.

»Das ist der Geschmack von Methanol«, sagte Remigio. »Lass das stehen.«

Wir stürzten uns auf ungefährlicheres, importiertes Lhasa Beer, die tibetische Version des Everest Beer, und gesellten uns zum Fest. Die Träger und Maultiertreiber waren laut und ausgelassen, ließen bereits Gerstenbier herumgehen. Spätabends waren alle betrunken und prügelten sich mit den hiesigen jungen Männern. Die ganze Nacht war Motorradlärm zu hören. Lakbas Onkel wurde wütend, und wir hörten, wie er schimpfend das Haus verließ. Am nächsten Morgen fanden wir sie beschämt und mitgenommen vor. Mit gesenktem Blick kontrollierten sie, ob die Maultiere auch sicher beladen waren.

Ich hatte genug von der Talsohle und dem Gestank des Todes und konnte es kaum erwarten, ins Gebirge zurückzukehren.

LAGER DER TRÄUME
PASS DER QUALEN
CHHARKA
DHO TARAP

Kapitel 4

In der Wüste

Ich hatte anscheinend noch Schulden offen oder musste meine ernsten Absichten beweisen, denn unterwegs zum Jhyarkoi-Pass prüfte mich der Höhendämon stärker denn je zuvor. Dho lag tausend Meter und vier Stunden Fußmarsch unter uns, als ich ihn herannahen spürte. Den ganzen Vormittag war alles so gut gegangen, dass ich bereits glaubte, dieser Berg hätte mich akzeptiert, und ich wäre ebenfalls ein Geschöpf des Hochlands … bis mir der Dämon am letzten Hang in den Magen fuhr und mich von dort aus quälte. Da bist du ja wieder!, dachte ich, als ich den stechenden Schmerz spürte. Hast du mich schon erwartet?

Ich schaute nach oben und hatte schätzungsweise noch dreihundert Meter Aufstieg vor mir, auf einem langen, monotonen Sandweg. Ich verlangsamte meine Schritte und setzte einen Fuß vor den anderen: die Ferse des ersten Fußes nie hinter die Spitze des zweiten und dabei atmen. Rechter Fuß, einatmen, linker Fuß, ausatmen, eins, zwei, Fuß,

Fuß. Ich musste mich auf den Untergrund vor mir, auf die Atmung konzentrieren und durfte nicht mehr zum Pass hochschauen, denn das hätte meine Qualen nur gesteigert. Bei diesem Rhythmus, so sagte ich mir, was höchstens dreißig Schritte am Stück sein dürften, konnte ich bei jeder Wegbiegung eine Pause einlegen. Doch dann ertappte ich mich dabei, schon alle zwanzig Schritte eine einzulegen, bald darauf alle zehn. Eine ganze Minute lang rang ich nach Luft, nach zehn winzigen Schritten.

Aber das genügte dem Dämon immer noch nicht, denn mir wehte ein eiskalter Wind entgegen. Hände und Füße kribbelten. Das lag an der schlechten Durchblutung, oder aber ich wurde langsam verrückt. Ich konnte die Finger nicht mehr richtig spüren und schleppte mich vorwärts, als wären meine Knöchel mit Steinen beschwert. Ich merkte, dass ich schlurfte. Kannst du nicht wenigstens diesem Wind Einhalt gebieten? Jetzt stützte ich mich schon alle drei, vier Schritte auf die Oberschenkel und hielt mir schützend den Arm vor Mund und Nase. Es reicht, Wind, ich flehe dich an, bitte, bitte lass mich durch! *Ki ki, so so.*

Mein Körper wurde langsam und schwerfällig, reagierte noch weniger auf mein Flehen. Mein Kopf war voller Willenskraft, aber auch voller Verwirrung. Wie benebelt fand ich mich sitzend wieder, ans Geröll des Passes gelehnt, auf fünftausenddreihundert Metern Höhe, unfähig zu sprechen. Nicola war an meiner Seite, und ich nahm gerade noch wahr, dass er ebenfalls erschöpft war. Ich konnte es kaum erwarten, auf der anderen Seite wieder abzusteigen, doch diesmal wurde ich dabei nicht klar im Kopf. Wenn ich nicht stürzte, stolperte ich. Die Füße gehorchten mir nicht mehr. Jetzt lag ich im Zelt – keine Ahnung, wie ich dort hingekommen war. Wie spät war es? Ich zitterte in meinem Schlafsack. Die Kälte dieses Windes steckte mir nach wie vor in den Knochen.

Remigio rief von draußen nach mir: »*Paolín,* los, komm ans Feuer.« Nur er nannte mich so, und ich konnte nicht anders, als der Stimme meines Freundes zu folgen. Draußen war es dunkel. Man hatte tatsächlich ein Feuer gemacht, die dunklen Silhouetten der Träger scharten sich um einen großen brennenden Wacholderstrauch. Doch ich merkte gleich, dass es ein Fehler gewesen war, den Schlafsack zu verlassen. Das Zittern nahm zu. Ich sah, dass mich von Remigios Zelteingang der Schädel eines Bharals anstarrte. »Das ist das Zelt des Schamanen«, sagte er grinsend, während sich Feuer in seinen Augen spiegelte. Flammen, Schatten, Schädel, mein in der Höhe verrückt gewordener Freund. Ich kam mir vor wie in einem Traum von Peter, in einer seiner Halluzinationen.

Jemand reichte mir eine Schale mit Suppe, aber als ich daran roch, wusste ich, dass ich sie nicht hinunterbringen würde. Ich nahm mir eine Thermoskanne mit heißem Tee und kroch wieder in den Schlafsack, nach wie vor voll bekleidet, und rollte mich zusammen. Was tue ich bloß hier? Wieso bibbere ich auf fünftausend Metern Höhe vor mich hin, von nichts als Kälte und Finsternis umgeben, mit einem Magen, der sich schmerzhaft zusammenzieht? Wieso bin ich nicht zu Hause bei der Frau, die ich liebe, wo das Abendessen auf dem Tisch steht, ein wenig Musik läuft und ein warmes Bett auf mich wartet? Was soll dieser blöde Ruf der Berge?

Anstatt Tee aus der Thermoskanne zu trinken, nahm ich

sie und hielt sie mir im Schlafsack an den Bauch. Eine gute Idee, wie sich herausstellte. Nach einer Weile beruhigte sich der Magen, und das Bibbern ließ nach. Wärme breitete sich in mir aus, Schlaf übermannte mich, und endlich ließ mich der Dämon in Ruhe.

Am nächsten Tag erholte ich mich bei einem langen Marsch in der Ebene, Stunde um Stunde in einem Tal ohne Häuser und Menschen. Mir blieb also gar nichts anderes übrig, als die Wüste zu betrachten, den wolkenlosen Himmel des Dolpo, die gefrorenen Bäche, die langsam in der Sonne schmolzen. Dort oben hielt das Wasser Nacht für Nacht inne, um dann morgens wieder seinen Lauf zu nehmen. Von einer Anhöhe aus konnte ich die ganze Karawane sehen, die sich kilometerlang durchs Tal zog. Meine Reisegefährten marschierten weit von mir entfernt und hingen ihren Gedanken nach. Wir waren müde und vielleicht auch an dem Punkt unserer Reise angelangt, an dem man anfängt, die noch vor einem liegenden Tage zu zählen, sich die Heimkehr auszumalen. Das Gefühl, sich immer weiter zu entfernen, verstärkt die Müdigkeit und nimmt einem jede Entdeckerfreude.

Remigio verbarg schon den ganzen Vormittag Mund und Nase hinter einem Schal. Ich ging zu ihm und fragte:

»Hast du wirklich einen Schädel über den Zelteingang gehängt, oder habe ich das bloß geträumt?«

»Um dich ein wenig aufzuheitern«, sagte er. »Geht's dir besser?«

»Ja. Ich bin bloß ein bisschen schwach. Und du?«

»Ich habe Halsweh. Aber die Beine funktionieren.«

Ich konnte mich nur bruchstückhaft an den Abend erinnern und versuchte jetzt, eins und eins zusammenzuzählen wie Betrunkene am Morgen danach. Vor allem hatte ich das Gefühl, meinen Freunden etwas schuldig zu sein. Wer hatte oben am Pass auf mich gewartet? Wer hatte mir den Rucksack abgenommen und den Schlafsack ausgerollt? Wer hatte mir Tee gekocht? Irgendwann hatte mir jemand ins Gesicht geschaut, mir zwei Tabletten gegeben und gesagt, ich solle mich warm halten und viel trinken.

Ich ging zu Nicola und fragte: »Wie geht's?«

»Besser als gestern. Ich hatte ein bisschen Fieber.«

»Konntest du schlafen?«

»Ein wenig. Du hast dagegen tief und fest geschlafen. Ist jetzt alles wieder gut?«

»Ich fühle mich wie neugeboren. Hast du mich ins Bett gebracht?«

»Ja, weißt du das denn nicht mehr?«

»Nein. Trotzdem danke.«

In einer Senke trafen wir auf einen zugefrorenen See. Mit dem Stock zeichnete Nicola einen Leoparden, einen Wolf und einen Raben aufs Eis. Ihm genügten wenige Striche, er besaß die Gabe der Einfachheit. Das waren keine x-beliebigen Motive: Diese drei Tiere verbanden uns miteinander, sie waren der Ursprung unserer Freundschaft, der Ursprung unserer Reise. Wir schauten zu, wie sie in der Sonne glitzerten.

Nach einer Weile kamen zwei junge Männer zu Pferd in das weder ansteigende noch abfallende Tal, stumm wie Geister. Sie hatten langes glattes schwarzes Haar, scharlachrote Stirnbänder und Ohrringe aus Korallen und Türkisen. Auch die Pferde waren geschmückt, mit goldenen Hauben, mit bunten, in ihre Schweife eingeflochtenen Bändern und mit bestickten Satteldecken. Sie schienen von einer Zeremonie zurückzukehren oder zu einer aufzubrechen. Ihre Art zu reiten besaß die Natürlichkeit der Nomadenvölker, und ich konnte mir keine bessere, harmonischere Methode vorstellen, die Wüste zu durchqueren. Sie beachteten uns kaum, entfernten sich wieder, und ich sah zu, wie sie immer kleiner wurden, bis sie zwischen den Hügeln der Hochebene verschwanden.

Das Dorf, aus dem diese Reiter kamen, schien ein Dorf aus Staub zu sein. Es klebte auf einer Anhöhe, bei der zwei Bäche zusammenflossen, und erinnerte mich an unsere Zitadellen. Ich wusste, dass es unter Tibetern einst berittene Räuber gegeben hatte, die aus den Bergen im Norden kamen, um diese Bauerndörfer zu plündern. Vielleicht interpretierte ich das Verteidigungsbedürfnis von Chharka durchaus richtig. Doch jetzt wirbelte der Wind Sandwolken auf – aus Sand, der dieselbe Farbe hatte wie die Häuser. Es war, als könnte man den Häusern dabei zusehen, wie sie von der Erosion abgetragen wurden und verfielen. Inmitten der Staubwolke kehrte eine junge Frau mit ihren Ziegen von den Weiden zurück, während uns schwarze Raben mit ausgebreiteten Flügeln auf halber Höhe beäugten.

Es war unmöglich, im Freien Zelte aufzuschlagen, daher mietete Sete für die Nacht ein Haus. Ich war dankbar für die Bank, die Holzdecke und die rauchige Wärme des Zimmers, in dem wir alle gemeinsam nächtigten. Zum ersten

Mal probierte ich gesalzenen Tee mit Yak-Butter: widerlich, wenn man an Tee, aber köstlich und kräftigend, wenn man an Brühe denkt. Die Familie, die uns beherbergte, verbrachte den Abend in einer Kammer hinter einem Stoffvorhang – vermutlich eine kleine Küche: ein Mann, ein Kind und eine junge Frau, die ab und zu vorbeischaute und fragte, ob wir noch etwas bräuchten. Sie sprach gut Englisch. Nachdem sie gegangen waren, um andernorts zu schlafen, stand ich auf, um mir die Beine zu vertreten, sah mir die Bücher in einem Regal an und gab der Versuchung nach, mich in den benachbarten Raum vorzuwagen. Neben dem langsam ausgehenden Ofen, dem Haufen aus getrocknetem Dung und der Schüssel mit Tsampa, dem hier üblichen Brei, flackerten zwei Butterlämpchen vor einem Foto des Dalai Lama. Darüber hing eine Tibetflagge. Dem lächelnden Dalai Lama waren Gerstenähren, wilde Blumen, ja, sogar Rupien dargebracht worden. Beschämt darüber, hier eingedrungen zu sein, zog ich mich gleich wieder zurück.

Am nächsten Morgen kam nur die Frau, ging in die Küche, und kurz darauf waren wir in Wacholderrauch eingehüllt. Bisher war es mir im Dolpo nie gelungen, mich mit jemandem zu unterhalten, und ich würde kaum noch mal so eine Gelegenheit bekommen. Während meine Gefährten Tee tranken, ging ich zum Stoffvorhang und klopfte an den Türrahmen.

»Darf ich?«

»Bitte sehr«, sagte die Frau.

Ich trat ein. Sie kniete vor dem Ofen und blies ins Feuer, das nur schwer anging. Mir fiel ein, dass ich mal irgendwo gelesen hatte, viele Kinder hier hätten Augen- und Atemwegsprobleme wegen des Qualms.

»Brauchst du irgendwas?«, fragte sie.

»Ich würde nur gern ein wenig reden, wenn es dir nichts ausmacht.«

»Gern.«

Ich nahm auf einem Hocker neben dem Ofen Platz und merkte, dass die Butterlämpchen auf dem kleinen Altar ausgegangen waren. Die Frau folgte meinem Blick, war aber nicht im Geringsten verlegen. Sie besaß eine natürliche Eleganz. Sie schloss die Ofentür, strich den Rock glatt und setzte sich ebenfalls.

»Woher kannst du so gut Englisch?«

»Ich bin Lehrerin. Ich habe es in Kathmandu gelernt.«

»Bist du dort aufgewachsen?«

»Ich bin dort zur Schule gegangen und kehre nach wie vor jeden Winter dorthin zurück. Hier ist es zu kalt, und es fällt zu viel Schnee, um bleiben zu können. Aber hier ist mein Heimatdorf, und ich wollte hiesige Kinder unterrichten.«

»Ist es weit bis nach Kathmandu?«

Sie überlegte und zählte an den Fingern ab. »Vier Tage zu Fuß bis Jomsom. Dann noch zwei oder drei mit dem Bus beziehungsweise per Anhalter: eine Woche.«

»Und wann reist du ab?«

»Bald. Ab Dezember ist niemand mehr hier.«

Durch ein kleines Fenster fiel Morgenlicht. Draußen hatte der Wind die ganze Nacht weiter gewütet. Jetzt sorgte er dafür, dass der Ofen nicht richtig zog. Zwischen uns beiden spielte die Sonne mit den Rauchwolken in der Küche. Ich zeigte auf das Foto und die Lämpchen, fragte, ob sie mir deren Bedeutung erklären könne.

»Wir sind Tibeter«, sagte sie. »Von unserer Sprache, Kultur und Religion her. Gleichzeitig sind wir nepalesische Staatsbürger und Nepal sehr dankbar, dass es unsere Lebensweise toleriert.« Bei dieser wohlüberlegten Antwort konnte ich mir vorstellen, wie sie den Kindern das alles erklärte. Dann fügte sie hinzu: »Es war meine Oma, die aus Tibet herkam, um meinen Opa zu heiraten. Ich habe noch viele Verwandte dort.«

»Besuchst du sie?«

»Das geht nicht. Die Grenze wird nur wenige Male im Jahr geöffnet. Daher treffen wir uns auf einem Bergpass, drei Tage von hier entfernt, um uns zu sehen und Geschenke auszutauschen.«

»In Saldang?«

»Nicht ganz so weit weg.«

Vier Tage zu Fuß, um den Bus zu nehmen. Drei um Verwandte zu begrüßen. Wir hatten mit dem Flugzeug zwölf Stunden von Europa bis Nepal gebraucht, doch jetzt, da ich hier war, kamen auch mir drei Tagesreisen zu Fuß ganz normal vor.

Die Frau füllte einen Kessel mit Wasser aus einem Kanister und stellte ihn auf den Ofen. Das Feuer brannte so schlecht, dass ich mich fragte, ob es das Wasser je zum Kochen bringen würde.

»Darf ich dich noch was fragen?«, sagte ich. »Das beschäftigt mich schon seit unserer Abreise. Ich wüsste gern, was ihr davon haltet, dass wir hier vorbeikommen.«

»Ihr seid uns eine Riesenhilfe!«, erwiderte sie und legte eine Hand auf die Brust. Sie glaubte, mich irgendwie beleidigt zu haben. »Alle hier würden liebend gern ein Zimmer an Leute wie euch vermieten. Kommt wieder und besucht uns. Kommt wieder!«

Ich dankte ihr. Ich glaubte ihr, hatte aber zu viele Zweifel, um ihre Antwort für bare Münze zu nehmen. Ich sagte, dass wir vermutlich nicht wiederkommen würden, aber dafür bestimmt viele andere. Sie lächelte.

»Wie viele Kinder gehen in deine Schule?«

»Fünfzehn.«

»Und, sind sie brav?«

»Ja, sehr.«

Ich verließ Chharka, das Dorf aus Staub, mit dem Gefühl, es kaum gesehen zu haben. Eine Karawane muss ihre Zelte nun mal jeden Tag aufs Neue abbrechen, aber um wirklich etwas zu verstehen, müsste man Halt machen und bleiben. Wir entfernten uns mitsamt dem niedrigen Rauch, der es nicht schaffte, von den Hütten aufzusteigen. Mitsamt dem starken Wacholderduft, der noch tagelang in unserer Kleidung hängen sollte. Und ich hatte sie nicht mal nach ihrem Namen gefragt.

Wie schön, ja, wie natürlich und unverzichtbar es doch war, wieder aufzubrechen, Vertrautes zurückzulassen und jedes Mal ein Stückchen mehr von einer ganz neuen Welt zu entdecken. Gehen war unsere tägliche Mission, unser Zeit- und Raummaß, unsere Art zu denken, Zeit miteinander zu verbringen und den Tag zu gestalten, die Arbeit, die unser Körper inzwischen ganz automatisch verrichtete. Egal, wie abgemagert, mitgenommen oder fiebrig wir auch waren – jeden Morgen hieß es aufs Neue Aufstehen und Losmarschieren, gehorsam wie ein Maultier. Das Gehen reduzierte das Leben aufs Wesentliche, auf Essen, Schlaf, Begegnungen, Gedanken. Keine Erfindung aus unserer Epoche half uns dabei – außer ein gutes Paar Schuhe und in meinem Fall noch das Buch in meinem Rucksack. Seit Wochen lebte ich von Reis, Linsen, Gemüse, manchmal auch von Eiern und Käse, von meinem *Schneeleoparden,* meinem Notizheft und von meinen Freunden. Mehr noch als darüber, dass man mit so wenig auskommen kann, staunte ich, dass ich gar kein Verlangen nach mehr hatte. Erst, wenn wir irgendwo Halt machten, kehrten die Bedürfnisse, Sehnsüchte und Ziele zurück – Löcher, die man stopfen möchte.

Ich machte mir schon seit Längerem keine Gedanken mehr über Kanjiroba – sie war inzwischen eine selbstständige Begleiterin. Niemand fragte sich, wo sie schlief oder was sie so trieb, wenn sie abends nicht auftauchte. Aber nach einer größeren Etappe am Fluss entdeckte ich sie am anderen Ufer: ein schwarzer rennender Hund, der vergeblich versuchte, zu uns zu gelangen. Die Brücke, die wir genommen hatten, lag weit zurück, und die Hündin fürchtete sich vor in der Luft hängenden Trittbohlen. Deshalb suchte sie jetzt nach einer Stelle, an der sie den breiten, reißenden und teilweise gefrorenen Fluss überqueren konnte. Sie traute der Strömung nicht, ertastete den Boden mit den Pfoten und zog sich zurück, versuchte es an einer anderen Stelle erneut und winselte. Nicola und ich gingen auf sie zu und riefen nach ihr.

»Kanji! Komm! Los, los, du schaffst das schon!« So lange, bis sie mit dem blinden Vertrauen eines Hundes losrannte. Sie glitt auf einem gefrorenen Felsen aus und fiel in den Fluss, landete in einer Stromschnelle und tauchte kurz darauf ein Stück flussabwärts wieder auf, strampelte wie verrückt und fand schließlich Halt. Es war so kalt, dass ihr durchnässtes Fell sofort weiß überfror. Sie schüttelte das Eis ab und sprang uns begeistert in die Arme.

Als ich an diesem Tag vor mich hin lief und an die Frau aus Chharka zurückdachte, fiel mir etwas ein, das ich ganz vergessen hatte und unbedingt noch erledigen musste, bevor die Reise vorbei und wirklich geglückt war. Ich ließ mich zurückfallen, wartete auf unsere Träger und sagte, ich wolle von allen ein Erinnerungsfoto machen. Die jungen Männer waren sehr stolz: Einer nach dem anderen setzte seine Last ab und warf sich in Pose. Nach dem Foto gab ich jedem von ihnen mein Heft und bat ihn, seinen Namen hineinzuschreiben, damit ich ihn schwarz auf weiß hatte – Namen in unterschiedlichen und unterschiedlich gut lesbaren Schriften: Suren, Sangeh, Subash, Kailash, Darma. Ein Schüchterner, einer, der mit verschränkten Armen die Muskeln spielen ließ, einer, der neben seinem Tragekorb strahlte. Der Koch, die Aufbauhelfer fürs Zeltlager, derjenige, der Wasser vom Fluss holen ging und anschließend die Teller spülte. Er stand ganz unten in der Hierarchie, der kleine, magere Darma. Er transportierte den Kocher im Tragekorb, und wegen des Kerosingestanks konnte man ihn schon aus der Ferne riechen. Ich hatte das Gefühl, dass ihn eine Art Kastenunterschied von den anderen trennte, seine dunklere Hautfarbe. »Ich auch?«, schien er zu fragen, als ich ihm das Heft hinhielt. »Ja, natürlich, du auch!«, erwiderte ich mit einem Nicken.

Wir waren inzwischen durchgängig oberhalb von viertausendfünfhundert Metern unterwegs – in einer Landschaft, die ich kaum noch beachtete: abgeschliffen, kahl, sandig und seit Tagen unverändert. Der Blick desjenigen, der die Wüste durchquert, ist ganz nach innen gerichtet. Wir stiegen auf und wieder ab, gewannen hundert oder zweihundert Meter, um sie anschließend erneut zu verlieren. Seit Wochen taten wir nichts anderes. Laut meinen Berechnungen mussten wir dreihundert Kilometer Luftlinie zurückgelegt haben, aber die Höhenunterschiede dieser ständigen Aufs und Abs waren nicht zu ermitteln genauso wenig wie die tatsächliche Länge der Strecke. Wie Sete schien sich auch der Himalaja gegen unser Maßnehmen zu wehren. Mir fiel auf, dass schon den Worten *gewinnen* und *verlieren* eine typisch westliche, ökonomische Betrachtungsweise des Bergsteigens innewohnt, bei der Höhenmeter und Entfernungen das Kapital sind, das wir mit unseren Anstrengungen ansammeln. Diese Investition wieder zu verlieren, ist uns unerträglich. Ich glaubte, Peters Stimme zu hören: Du musst andere Worte benutzen! Du musst umdenken. Wer hat den Berg Kailash vom unberührten Gipfel des Kristallbergs aus gesehen? Suche die Antwort in diesem Auf und Ab: Dadurch dass du etwas verlierst, was du bereits erreicht zu haben glaubtest, lernst du, dass der Weg deutlich kostbarer ist als der Gipfel. Finde einen Sinn in jedem Schritt, in der Konzentration darauf.

Am Nachmittag verbreiterte sich der Fluss, fächerte sich in kleine Bäche und Rinnsale auf und wurde zu Morast. Viele

Kiesel, auf die ich stieg, waren versteinerte Muscheln. Auf diesem Meeresboden im Hochland nahm ich eine Bewegung neben mir wahr. Ich drehte mich um. Es war ein Hase: ein schöner grauer Hase in Habachtstellung – die Ohren gespitzt, die Muskeln angespannt und fluchtbereit. Was hatte ein Hase hier oben zu suchen, in einem schon weit fortgeschrittenen Herbst? Wir starrten uns einen Moment an, bevor Kanjiroba auftauchte. Dann setzte der Hund zur Verfolgung an, und der Hase floh einen Hang hinauf – so schnell, dass er nach wenigen Sätzen verschwunden war. Da ist es ja, das vierte Leittier!, dachte ich: ein Schneeleopard, ein Wolf, ein Rabe und ein Hase.

Knapp unterhalb der fünftausend Meter schlugen wir unsere Zelte auf. Am nächsten Tag wartete der letzte Pass, der höchste von allen, oberhalb von fünftausendfünfhundert Metern. Es ging mir nicht schlecht, aber es war sehr kalt, und kaum dass die Sonne hinter den Bergen verschwunden war, begannen die Bäche einzufrieren. Es mussten heftige Minusgrade herrschen, weil man der Eisbildung förmlich zusehen konnte. Als ich meine Sachen nahm, um sie ins Zelt zu tragen, fand ich etwas unter dem Rucksack: ein Glas Erdbeermarmelade, neu und noch versiegelt – eines von denen, die wir zum Frühstück bekamen. War es einem der Träger vielleicht aus dem Korb gefallen? Seltsam, dass es ausgerechnet unter meinem Rucksack gelandet war. Vielleicht hatte es jemand dort hingelegt? Ich sah mich um. Und fing bald den Blick auf, der schon auf meinen wartete: Aus der Ferne, vom Eingang des Küchenzelts aus, beobachtete mich der kleine Darma. Ich versuchte, ihm zuzulächeln, als er auch schon zurück ins Zelt floh.

Später las ich laut vor: »Mit dem Wind und der Kälte ist auch meine Unruhe wiedergekommen. Ich ertappe mich dabei, dass ich mit meiner letzten Schokolade knausere, um auf dem Rückweg über die Berge noch welche zu haben – dieses ewige Sich-auf-das-Leben-Vorbereiten, anstatt es Tag für Tag zu leben! Es gab aufregende Tage, aber jetzt scheint eine vorher spürbare Kraft abzunehmen, ein Bann ist gebrochen.

Und so bereite auch ich mich darauf vor, diesen Ort zu verlassen, obwohl ich andererseits so gern bleiben würde. Der Teil von mir, der sich fragt, was wohl in den ungeöffneten Briefen stehen mag, der sich nach meinen Kindern sehnt, der Wein trinken und lieben will, der wieder sauber und gepflegt sein möchte, schaut längst nach Süden über die Berge.«

»Wein trinken, lieben«, sagte Nicola.

»Sind das deine Wünsche fürs vierzigste Lebensjahr?«, fragte ich, während ich den *Schneeleoparden* verstaute. Seit Neuestem bewahrte ich ihn mitsamt meinem Notizheft und dem Tee im Schlafsack auf, weil außerhalb davon Raureif die Seiten überzogen hätte. Es war das Kondenswasser, das an der Zeltwand gefror, und wenn sich nachts einer von uns in unserem gefrorenen Reich zu heftig bewegte, fiel es auf uns herab.

»Keine Ahnung«, sagte Nicola. »Wie viele Wünsche habe ich denn?«

»Drei«, erwiderte ich.

»Dann will ich malen. Einen Sack voller Kinder. Und eine Frau, die glücklich und zufrieden mit ihrem Leben ist.«

»Schluss mit den gequälten Seelen?«

»Ja, Schluss damit!«

»Ich habe nach wie vor eine Vorliebe dafür«, sagte ich.

Ich fasste mir an die Nase, der einzige Körperteil, der aus dem Schlafsack hervorsah und bereits zum Fremdkörper wurde. Der Bart war immer feucht und würde in der Nacht auch gefrieren. Ich hielt mir die Thermoskanne mit Tee an den Bauch.

»Und du?«, fragte Nicola.

»Ich will schreiben. Und einen Sack voll Berge um mich herum.«

»Hast du immer noch nicht genug von den Bergen?«

»Jetzt schon. Aber kaum dass wir absteigen, bekomme ich wieder Lust aufzusteigen, das weiß ich jetzt schon.«

Wir schwiegen. Ich konnte die Stimmen der Träger aus dem Küchenzelt hören. Was sie einander wohl zu erzählen hatten? Ich dachte an Darma, der sicherlich noch da war, um das Geschirr vom Abendessen zu schrubben. Waren sie endlich mit der Arbeit fertig, schoben auch sie Kocher und Töpfe in eine Ecke und streckten sich zum Schlafen aus. Doch vorher verbrachten sie noch ein wenig Zeit mit Rauchen und Reden. Mit diesen für mich unverständlichen Stimmen, die mir Gesellschaft leisteten, mit meinem gerade mal eine Handbreit entfernten Freund und mit den wenigen Dingen, an die ich mich in meinem Schlafsack schmiegte, wusste ich jetzt schon, wie sich die Sehnsucht nach dem Dolpo anfühlen würde. Der letzte Fünftausender!, dachte ich und zwang mich anschließend, das Denken einzustellen, weil ich sonst gar keinen Schlaf mehr finden würde.

Am nächsten Morgen tat ich nicht mehr, als mir die Stiefel anzuziehen und das Zelt zu verlassen. Anfangs hatten wir noch darauf geachtet, unsere Kleidung zu wechseln und uns zu waschen. Jetzt trug ich schon seit Tagen dieselben Sachen. Wenn möglich, hätte ich auch noch die Stiefel im Schlafsack anbehalten. Dass ich mir unten am Bach die Zähne putzte, war auch schon alles an Körperpflege. Um sieben lag Kanjiroba weiß von Raureif am Rand des Lagers und wartete auf die Sonne. Die Maultiere fraßen gefrorenes Gras, und der Bach knackte: Das Eis an der Oberfläche wurde dünner und brach, fiel dann ins Wasser und wurde von der Strömung mitgerissen. Von dem Schmelzwasser im Mund wurde ich vollends wach.

Beim Aufstieg bat ich Remigio, mir vom Lagerfeuer vom vorvorletzten Abend zu erzählen. Ich konnte einfach nicht fassen, nicht dabei gewesen zu sein. Er war ein guter Erzähler, und ich hörte ihm gern zu. Auch zu Hause waren wir häufig so unterwegs.

»Kanzah, Setes Bruder, hat das Feuer gemacht«, sagte er. »Weißt du noch, wie kalt es an dem Tag war?«

»Ja, allerdings.«

»Selbst den Trägern war kalt. Kaum haben sie das Feuer gesehen, haben sich alle darum versammelt.«

»Und du warst auch dabei?«

»Ich habe erst eine Runde gedreht, um Holz zu sammeln. Das bisschen, das es gab – trockene Zweige, die eine oder andere Wurzel. Man kommt nicht ans Feuer eines Fremden, ohne ein wenig Holz mitzubringen, habe ich mir gedacht.«

»Das find ich gut. Macht man das so in den Bergen?«

»Keine Ahnung, das war einfach nur so eine Idee.«

»Darf ich diesen Satz aufschreiben?«

»Schreib doch, was du willst.«

»Und dann?«

»Es war schön, weil es am Feuer keine Unterschiede mehr zwischen uns gab. Das Ganze hat vielleicht eine halbe Stunde gedauert. Ich habe die Hände ausgestreckt wie sie und ›Ah, Feuer!‹ gedacht. Dann habe ich gesehen, dass der Kleine vom Gurt des Tragekorbs ganz aufgeplatzte Handflächen hatte.«

»Wer, Darma?«

»Heißt er so? Ich habe ihm Pflaster gebracht und seine Wunden damit verarztet. Er war überglücklich.«

»Deshalb hast du mich gerufen.«

»Ja, aber es ging dir zu schlecht.«

Unterwegs überlegte er, was er mir noch erzählen könnte. Nach einer Weile sagte er: »Weißt du, was der größte Unterschied zwischen meinen Bergen und denen hier ist?«

»Welcher denn?«

»Dass die Leute hier lächeln. Ich weiß noch, wie meine Mutter und meine Tante waren, als die ersten Touristen vorbeikamen. Ich weiß noch, wie verschlossen sie gewesen sind, sie haben niemanden gegrüßt. Aber hier lächeln sie immer.«

»Meinst du, sie sind gastfreundlicher?«

»Oder glücklicher. Bei uns gab es viel Wut, hier habe ich noch keine bemerkt. Aber ich weiß nicht, ob ich das richtig einschätze.«

Der Aufstieg war leicht, es wehte kein Wind, und die Sonne war lauwarm, sodass ich mich zwar anstrengte, aber auf dem Weg zum Pass nicht leiden musste.

Dort oben, auf fünftausendfünfhundert Metern Höhe,

ragte die Nordwand des Dhaulagiri vor uns auf: hundert Kilometer aus Gletschereis, Graten und Felsvorsprüngen, über siebentausend Meter hohe Gipfel bis hin zum letzten, der über achttausend misst. Von unserer Warte aus kam es mir absurd vor, dass jemand auf die Idee gekommen war, ihn erklimmen zu wollen.

Jenseits dieser Bergkette lag ein sich rasch veränderndes Nepal, ein kleines, zwischen Indien und China zerriebenes Land, das zunehmend zur Peripherie Fremder wurde. Und diesseits davon, in diesen Bergen, in denen man »aus der Geschichte herausfällt«, wie Peter schrieb, befand sich das Dolpo und damit auch wir. Die zerfetzten Fahnen schickten dem Wind Gebete. Egal, wohin das Auge sah – es gab keinerlei Spuren menschlicher Anwesenheit.

Ich blieb eine ganze Weile dort oben, um die Mittagssonne zu genießen, streckte mich auf dem Gipfel aus und gönnte Herz und Lunge Erholung, als ich neben mir Frauenstimmen hörte. Mädchengelächter – gibt es ein schöneres Geräusch auf der Welt? Ich schlug die Augen auf. Sie waren zu dritt und einen Hang hinaufgestiegen, der einem von oben aus betrachtet den Atem verschlug. Trotzdem plauderten sie miteinander. Nachdem sie ihre Tragekörbe abgestellt hatten, strichen sie Haare und Röcke glatt wie nach einem kurzen Sprint. Sie sahen mich an und amüsierten sich sichtlich über mich. Seit ich die Friedensfahne an meinem Rucksack befestigt hatte, sorgte sie für Heiterkeit. Eine sagte etwas zu mir und zeigte auf ihre Lippen. Ich verstand nicht, was sie wollte – ein Wort? Einen Lippenpflegestift? Einen Kuss? Bestimmt hatte sie Hunger. Bereitwillig überließ ich ihr mein Mittagessen:

ein hart gekochtes Ei, ein Chapati und ein Stück Yak-Käse. Obwohl ich mich kraftlos fühlte, hatte ich wegen der Höhe keinen Appetit. Außerdem konnte ich keine Eier mehr sehen. Verblüfft nahm sie mein Geschenk entgegen und teilte es mit ihren Freundinnen. »Danke!«, bedeuteten sie mir mit einem Nicken. »Nicht doch, ich habe euch zu danken!«, erwiderte ich.

Das letzte Stück Weg teilten wir uns mit Schreinern aus Chharka – zwei Männer und eine Frau, schwer bepackt mit Material, die abends unweit unseres Lagers biwakierten. Wir schliefen im Zelt und sie in steinernen Hirtenunterständen. Wir in Schlafsäcken, die für minus zwanzig Grad gemacht waren, und sie in Wolldecken gehüllt. An den drei Tagen, die wir brauchten, um diese Hochebene zu verlassen, überwanden wir einen Kamm, der für mich nur eine weitere Faltung des Berges war, für sie aber eine besondere Bedeutung zu haben schien. Sie blieben neben einem Gebetssteinhaufen stehen, setzten ihre Tragekörbe ab und entzündeten ein kleines Feuer aus Wacholderholz. Das Holz war grün und erzeugte mehr Rauch als Flammen – den starken Qualm, den ich, wie ich inzwischen wusste, für immer mit dem Dolpo verbinden würde. Die Schreiner durchschritten ihn, hielten sich darin auf, fächelten ihn nach oben und atmeten ihn ein, wobei sie das Mantra »*Om mani padme hum*« rezitierten. O du Juwel in der Lotusblüte. Der Rauch schien eine Art Schwelle zu bilden. Nachdem sie an uns vorbeigezogen waren, brannte der Wacholder weiter, sodass auch wir durch seinen Rauch liefen. »*So so, so*«, murmelte Sete. »*So, so, rock'n'roll*«, lautete die

Variante unseres Kochs – ein Verweis auf das Fest, das er in der Stadt feiern würde.

Viele von uns zückten ihre Handys, um Fotos zu machen, und luden sie mit kleinen Solarpaneelen auf. Ihre ursprüngliche Funktion hatten wir inzwischen vergessen. Im Hochland gab es keinerlei Empfang, doch in der Talsohle, in die wir nun absteigen würden, schon. Wir brauchten nur noch einen weiteren Kamm zu überwinden, und sofort tutete es wie verrückt aus den Rucksäcken meiner Reisegefährten. Wir sahen uns an, während wir Nachrichten erhielten, die sich in einem Monat Funkstille angesammelt hatten: SMS, Mails, Sprachnachrichten, entgangene Anrufe. Willkommen zurück in der Wüste des wirklichen Lebens! Wir waren zurück im Netz, in der Welt, in der Zeit, und ich spürte, dass diese aus der Zeit gefallene Welt, der Tee des Mönchs in der Einsiedelei oberhalb des Abgrunds, der vergilbte, zerknitterte *Schneeleopard* in meinem Rucksack, bereits an Bedeutung verlor. Wer hat den Berg Kailash vom unberührten Gipfel des Kristallbergs aus gesehen? Jetzt war mein Koan kaum mehr als ein T-Shirt-Spruch, etwas für die Verkaufsstände von Kathmandu.

»Die klare Wachheit der Vollmondtage in Shey schwindet rasch dahin«, notiert Peter auf dem Heimweg. Aber kurz darauf erkennt er die Notwendigkeit des Verlusts: »Auch die Transparenz des Geistes kann ein Hindernis werden, wenn du daran festhältst. Du darfst nicht beim kristallenen Berg verweilen …«

Die letzte Schwelle war ein Baum, eine verstaubte und knorrige Himalaja-Zeder. Seit dem Phoksundo-See hatte ich keine mehr gesehen, und sie beeindruckte mich so sehr, dass ich stehen blieb, um sie zu zeichnen. Während ich sie porträtierte, fiel mir auf, dass hinter der Zeder, hinter dem Dhaulagiri, Wolken aufgetaucht waren. Wolken! Die Wolken und der Baum hatten etwas miteinander zu tun. Ich drehte mich zum Hang hinter mir, ein Gefälle von über tausend Metern, das zur Hochebene hinaufführte. Mir waren die Grasbüschel bereits aufgefallen, auf denen die Blauschafe weideten. Die Blauschafe waren die Wächter des Dolpo, die Zeder und die Wolken ihre letzte Schwelle. Und irgendwo dort oben befand sich der Schneeleopard, der mich daran erinnerte, dass nicht alles, was es gibt, mit den Augen zu erfassen, nicht alles logisch nachvollziehbar ist. Und dass man nicht alles wahrnehmen, mitnehmen kann. »Und so wie es ist, bin ich zufrieden«, schrieb Peter. Ich ließ etwas Nichtgesehenes, Nichterfasstes zurück, war ihm aber nahe genug gekommen, um sein Vorhandensein zu spüren. Genau das empfindet man beim Absteigen in den Bergen. Dann klappte ich das Heft zu und schritt unter den Zweigen der Zeder hindurch in Richtung Tal.

Kanjiroba verschwand in Kagbeni, dem Städtchen an der Grenze zu Mustang, das wir Anfang November erreichten. Mustang ist gut besucht, aber die Trekking-Saison war schon vorbei, sodass die kleinen Hotels dort fast alle leer standen – angefangen von den improvisierten Herbergen bis hin zu den schönen Holzpensionen, in denen stets eine Art Hippie-Atmosphäre wie im Nepal von früher herrscht. Das galt auch für die Pension, die wir uns gönnten, um erstmals wieder in einem Bett zu schlafen.

Unter der Dusche musste ich laut lachen vor Glück: Ich

DER BAUM AM ENDE DES DOLPO

lachte und lachte über das warme Wasser, das an mir herabrann, an meinem Körper, der wieder Gefühle entwickelte und immer noch in der Lage war, Freude zu empfinden. Jetzt, da wir unterhalb von dreitausend Metern waren, hatte ich Hunger und Durst. Noch am selben Abend würde ich meine vegetarische Ernährung mit einem zwei Finger hohen Yak-Steak, mit Bergkartoffeln aus dem Ofen und einer Flasche australischem Rotwein unterbrechen und endlich viele Stunden am Stück tief schlafen.

Doch vor dem Essen machte ich einen letzten Spaziergang und merkte, dass Kanjiroba nicht mehr da war: Sie lag nicht zusammengerollt vor der Pension, kam auch nicht aus einem

Innenhof oder einer Gasse wie sonst in den Dörfern. Kagbeni ist keine Stadt, sondern eine Ansammlung von zusammengewürfelten Häusern, dazwischen Motorräder, Schafherden, streunende Hunde und SUVs, die über die unasphaltierten schlammigen Straßen fahren, Träger und Maultiere der Trekkingkarawanen. In einem Laden kaufte ich mir ein Bier und trank es an der Brücke über den Fluss. Jenseits der Brücke lag der Weg, den wir heruntergekommen waren, diesseits das ausgefranste Städtchen und unter der Brücke der aus Mustang kommende Fluss, der große Kali Gandaki. Im Süden floss er zwischen dem Dhaulagiri und dem Annapurna wie zwischen zwei riesigen Säulen hindurch, und in Kagbeni musste er heilig sein, denn genau neben der Brücke entdeckte ich einen Scheiterhaufen. Da unten brannte schon seit Längerem eine Leiche, und die mit der Zeremonie Beauftragten fegten ihre Asche zum Fluss. In Nepal gibt es bei Einäscherungen keine in Tränen aufgelöste Ehefrau, keinen Trauerzug von schwarz gekleideten Männern und keine Anzeichen für Leid oder Schmerz, sondern nur das Leben, das weitergeht, Motorräder, Verkaufsstände und Menschen, die miteinander diskutieren, sodass dort an der Brücke nicht einmal ich mit meinem Bier unangenehm auffiel. Die Leichenasche fiel in den Kali Gandaki und wurde von der Strömung mitgerissen, war Materie, die wieder in den Kreislauf eingespeist, dem Wasser, der Erde und der Luft über das Feuer zurückgegeben wird. Innerhalb von fünfzig Tagen würde der Lebenshauch, den dieser Körper beherbergt hatte, eine neue Gestalt annehmen – wer weiß, ob die eines Kindes, eines Vogels oder eines Hundewelpen.

Ich schaute mir einen streunenden Hund nach dem

anderen an, der durch die Straßen dieses Städtchens lief. Innerhalb einer halben Stunde hatte ich sie alle abgeklappert – allerdings vergeblich, denn Kanjiroba blieb verschwunden. Sie war nicht bei unseren Trägern, die in einem Innenhof ihr Lager aufgeschlagen hatten, weder bei den Rudeln schwarzer, im Müll wühlender Hunde noch in irgendeiner Gasse in Gesellschaft eines Rüden. Peter!, dachte ich. Wo bist du? Hast du kehrtgemacht? Bist du unterwegs nach Shey, eilst du wieder nach Hause? Vierzig Jahre! Meine Freunde warteten auf mich, und bald würde auch mein Leben wieder anfangen. Dann nahm ich noch einmal die Straße zum Fluss und warf einen letzten Blick auf den leblosen Körper, der dort verbrannte.

SONNENAUFGANG ÜBER DEN GEBETSMÜHLEN
UND ÜBER DEM KRISTALLBERG

Dank

Mein Dank gilt Adriano und Fausta, die ganz verliebt in Nepal sind. Meinen Reisegefährten Luca, Pierluigi, Beatrice und Patrizio. Stefano und Remigio – auf dass unsere Freundschaft uns weiterhin weit weg tragen möge! Sete, Lakba, Kanzah, Suren, Sangeh, Subash, Kailash und Darma: Es war mir eine Ehre, diesen Weg mit euch zurückzulegen.

Meinen Unterstützern bei Sanonani und CASANepal, den Kindern und Frauen von Kathmandu.

Dieses Buch widme ich »Nic mit den zwei Feldflaschen«: Auf die Zeichnungen, die noch kommen werden, und in Erinnerung an unseren Lehrmeister Tiziano, der uns bis in den Himalaja geführt hat.

Tashi delek.

Fontane, 2018

Die Originalausgabe erschien 2018
unter dem Titel *Senza mai arrivare in cima. Viaggio in Himalaya*
bei Einaudi, Turin.

Das Motto von Tiziano Terzani ist entnommen: *Spiel mit dem Schicksal. Tagebücher eines außergewöhnlichen Lebens,* übersetzt von Barbara Kleiner, DVA, München 2015.

Die Zitate von Peter Matthiessen sind entnommen: *Auf der Spur des Schneeleoparden,* übersetzt von Maria Csollány und Stephan Schuhmacher, erstmals erschienen 1997, München, Goldmann Verlag. Hier zitiert nach der National Geographic Ausgabe von Frederking & Thaler, München 2004.

Klimaneutral
Druckprodukt
ClimatePartner.com/12559-1708-1001

MIX
Papier aus verantwortungsvollen Quellen
FSC® C014496
FSC
www.fsc.org

Verlagsgruppe Random House FSC® N001967

PENGUIN VERLAG

1. Auflage

Penguin Verlag in der Verlagsgruppe Random House GmbH,
Neumarkter Str. 28, 81673 München
Dieses Buch wurde vermittelt durch: MalaTesta Literary Agency, Mailand.

Illustrationen im Innenteil: Paolo Cognetti
Umschlaggestaltung: Designbüro Lübbeke, Naumann, Thoben
Umschlagabbildung: © Nicola Magrin
Satz: Vornehm Mediengestaltung GmbH, München
Druck und Bindung: GGP Media GmbH, Pößneck
Printed in Germany
ISBN 978-3-328-60108-1
www.penguin-verlag.de

Dieses Buch ist auch als E-Book erhältlich.

PAOLO COGNETTI

Paolo Cognetti
Mein Jahr
in den Bergen

Aus dem Italienischen von
Barbara Sauser
Auch als E-Book erhältlich

Aus der Hektik der Großstadt in die Ruhe der Berge

Paolo Cognetti braucht eine Auszeit vom hektischen Leben in Mailand und mietet eine Hütte in den Bergen – nicht weit von dort, wo er als Kind die Sommer verbracht hat. Das Leben auf 2000 Meter Höhe bringt die einfachen Dinge zurück: Holz hacken, Feuer machen, einen Garten anlegen. Endlich hat er Zeit zu lesen, spricht mit den Tieren, hört seltsame Geräusche in der Nacht. Wochenlang trifft er keine Menschenseele – bis aus dem Nebel doch eine Gestalt auftaucht.

»Eine wunderschöne Erzählung von der wohltuenden und gleichzeitig fast schmerzhaften Einsamkeit.« *Brigitte*